dixit insipiens in corde suo: non est deus

Miehling & Wandiger

Escape Room
Anno Diaboli

Ein historischer Escape-Thriller
mit Seiten zum Aufschneiden

arsEdition

Halt!!!

Bevor du in dieses Abenteuer startest, solltest du wissen, auf was du dich einlässt …
Auf jeder Doppelseite erwartet dich ein Kapitel der spannenden Geschichte und ein neues Geheimnis. Aber dieser historische Krimi ist kein normales Buch, bei dem du eine Seite nach der anderen aufblätterst. Nur wenn du es schaffst, das aktuelle Rätsel zu lösen, erfährst du, an welcher Stelle im Buch du weiterlesen darfst.

Es werden dir jeweils drei Antwortmöglichkeiten gegeben. Neben jeder Option findest du eine Spielkarte. Doch nur bei der richtigen Antwort siehst du eine Karte, die noch ein weiteres Mal im Buch versteckt ist: auf der Doppelseite, die dich zum nächsten Kapitel führt. So kannst du nicht aus Versehen eine falsche Seite öffnen.
Also keine Sorge, falls du mal nicht gleich auf die Lösung kommst! Mit scharfem Entdeckerblick bleibst du auf der richtigen Spur.

Finde die Antwort – entdecke die Karte – öffne die Seite dahinter!
Nur so wirst du wissen, was es mit den düsteren Drohungen des geheimnisvollen Venezianers auf sich hat …

Noch ein Beispiel »»

Das hier ist …

Ein Kartenspiel

Ein Ritterturnier

Ein Mittelalter-Escape-Krimi

»»

PS: Wann immer du den langen Finger des Narren entdeckst, blättere nach hinten: Du findest dort Hilfsmaterial zum Ausschneiden, Falten oder Zeichnen. Und psst! Im Anhang ist auch noch manch anderer Hinweis zum Knobeln und Kombinieren verborgen ...

„Teufel auch!“ Krachend schlugen die hölzernen Flügel des Stadttors zu und die Zugbrücke hob sich. Frustriert brachte Heinrich seinen vor Entkräftung zitternden Braunen zum Stehen. Er hörte noch, wie die Wachen mit einem heftigen Stoß den Riegel vorschoben. Dann war das Stimmengewirr der Wächter und letzten Einreisenden nur noch gedämpft zu vernehmen. Wie sehr hatte er sich beeilt die letzten Meilen, war gegen einen schneidenden Wind den Brennerpass hinabgesprengt, um die Stadt noch vor Einbruch der Dunkelheit zu erreichen. Sollte er jetzt etwa draußen nächtigen – auf der blanken, vom Frost harten Erde? Das schweißnasse Tier würde sich den Tod holen. Erschöpft ließ Heinrich sich aus dem Sattel gleiten und strich sich die wollene Kapuze vom dunklen Schopf.

Ob es irgendwo ein Schlupftor gab, durch das sie Nachzügler wie ihn noch einließen? Wen konnte er fragen? Vereinzelt begannen Schneeflocken durch die Luft zu wirbeln. „Ist gut, Jago“, sagte Heinrich und tätschelte seinem Pferd beruhigend den Hals. „So leicht geben wir nicht auf.“

Er blickte suchend die wehrsame Mauer entlang und entdeckte im dämmrigen Licht ein Grüppchen Bettelmönche den Stadtgraben heraufstreifen. Er lief ihnen eilig entgegen, doch noch bevor er sie grüßen konnte, streckten sie ihm einen Kanten Brot hin: „Wir haben nur, was wir hier mit uns tragen“, hörte er sie murmeln, „aber dieses Wenige wollen wir mit Euch teilen. Gelobt sei Jesus Christus.“ Die armseligen Kerle waren in klapprigen Sandalen unterwegs und sahen hungriger aus als er selbst, aber er wollte nicht unhöflich sein und nahm den harten Brocken dankend entgegen. „Sagt, wisst ihr, wie ich zu dieser Stunde noch in die Stadt komme?“ Einer der Brüder zeigte nach Süden: „Lauft rasch runter zum Mannsloch. Dort führt ein Steg über den Graben. Klopft gegen die Klappe. Ob Euch einer auftut, kann ich nicht sagen. Gott sei mit Euch.“

Die Tür hing etwas windschief in den Angeln. Heinrich sah, dass jemand stümperhaft eine Reihe von Wappen ins Holz geritzt hatte. Immerhin war von der anderen Seite Geplauder zu vernehmen. Ein gutes Zeichen. Er schlug zweimal kräftig gegen die Bretter. Sogleich verstummte das Gespräch. Langsam öffnete sich mit einem leisen Quietschen einen Spaltbreit die Klappe. „Wer seid Ihr und was wollt Ihr?“, schnarrte eine mürrische Stimme.

„Heinrich Paumgartner aus Nürnberg. Nur etwas Hafer für mein Pferd und ein Dach über dem Kopf sind mein Begehr.“ Er konnte sein Gegenüber noch immer nicht sehen.

„Von so weit kommt Ihr, bloß um Euer Pferd Tiroler Hafer fressen zu lassen? Ihr führt noch anderes im Schilde: Legt Eure Absichten dar!“ Es gab Angenehmeres, als vor Kälte schlotternd mit einem inquisitorischen Türwächter zu debattieren. Aber er hielt an sich, denn aus guter Erfahrung wusste er, dass seine natürliche Freundlichkeit auch die schwierigsten Verhandlungspartner irgendwann umzustimmen vermochte. „Ich bin auf Durchreise. Mein Vater, ein Händler edler Stoffe, schickt mich nach Venedig. Nachricht aus dem fernen Kaffa soll ich einholen.“

„Kaffa …“, wiederholte die Stimme nun seltsam tonlos. Oder war es eine andere? Danach meinte er, wieder ein Zwiegespräch zu vernehmen, aber es war mehr ein Flüstern. Er verstand kein Wort.

Wollten sie ihn noch ewig hier stehen und sich die Füße abfrieren lassen? Doch schließlich wurde die Flügelklappe zur Gänze aufgestoßen, und der feiste runde Kopf des Wächters, rötlich flackernd im Schein einer Fackel, kam zum Vorschein. „Nun gut, Fremder, Ihr sollt Eure Chance bekommen“, tönte der Dicke wichtigtuerisch. „Ich lasse Euch passieren – wenn Ihr mir zuvor die richtige Losung nennt: Mag es ein

Sternbild sein der dunklen Wintertage? Oder die Himmelsrichtung der mittäglichen Stunde? Oder ein alter Gefährte aus der Heiligen Schrift?“

Das Lösungswort bezeichnet ...

Ein Sternbild

Eine Himmelsrichtung

Eine biblische Gestalt

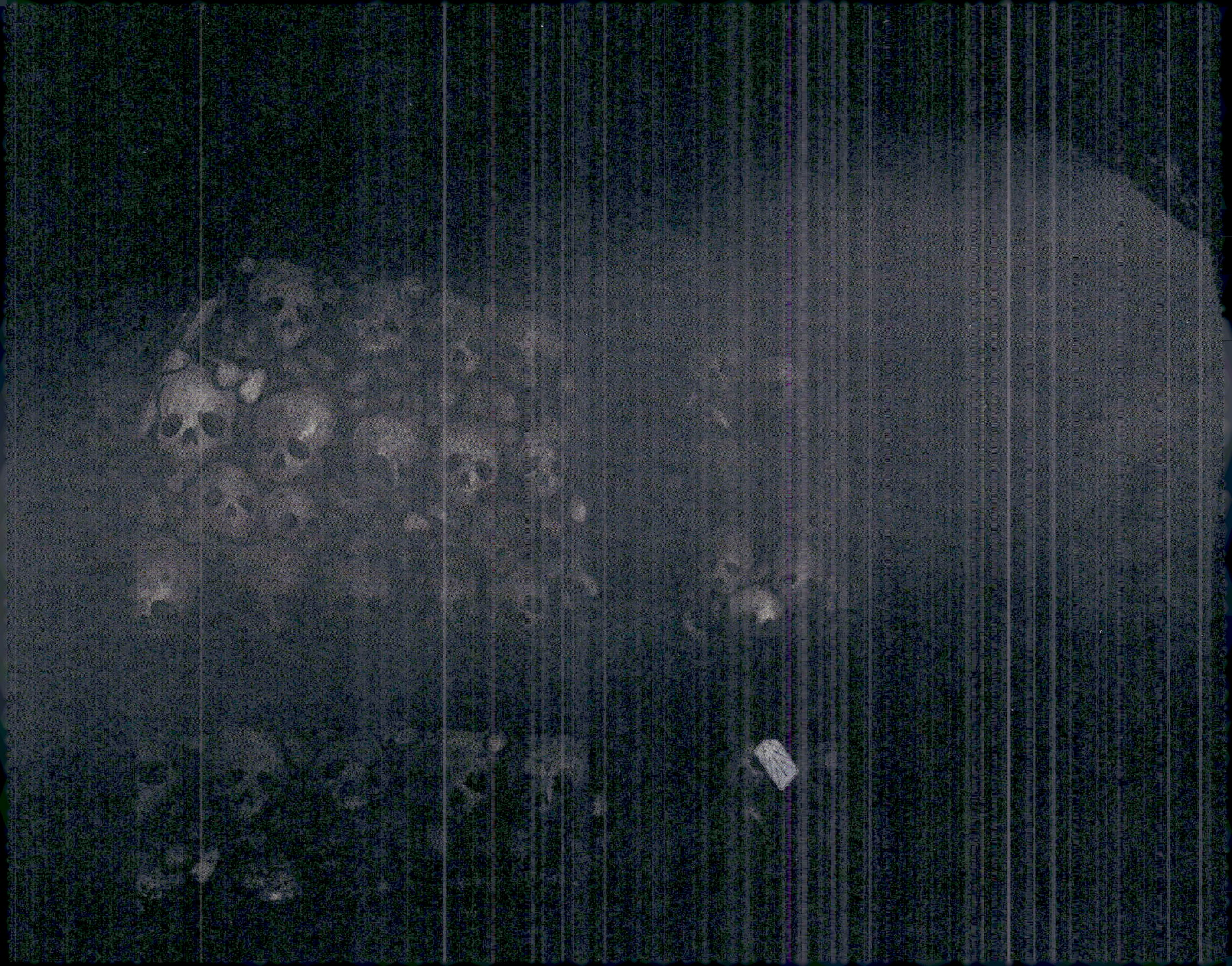

Erst auf den zweiten Blick erkannte Heinrich, dass die Fliesen nicht alle identisch waren. Und da sah er plötzlich, was hier eingearbeitet war: ein schauriger Totenkopf, der ihn jetzt aus seinen hohlen Augen anstarrte!

„Ein raffiniertes Porträt, nicht wahr?“ Ohne Skrupel trat der Narr mit seinen Schnabelschuhen mitten auf das knöcherne Gesicht. „Und wie vortrefflich es zu dem Ort passt, der sich hier, direkt unter unseren Füßen, befindet.“

Bevor Heinrich reagieren konnte, hatte Lapo bereits die ersten Stufen in die Unterkirche genommen, die seitlich am Chor hinab zur Krypta führten, und bedeutete ihm zu folgen. Heinrich spürte, wie sich Beklemmung auf seine Brust legte. Mit jedem Schritt schien die Luft weniger zu werden. Kurz schien Lapos Leuchte erlöschen zu wollen, doch als sie die Krypta betraten, flammte sie wieder in vollem Schein auf.

Ein düsterer, höhlenartiger Raum tat sich vor ihnen auf. Gedrungene Säulen stützten ein niedriges Kreuzgewölbe, unter dem nichts als ein schlichter Altar stand. An den Seiten gingen mehrere tonnengewölbte Gänge ab, die sich in der Dunkelheit verloren.

„Nun, ehe es zu spät ist, mein junger Freund“, zischte Lapo und packte Heinrich mit seinen dünnen, kalten Fingern am Handgelenk. „Ihr wollt also wissen, warum ich Euch auserkoren habe? Warum Ihr es seid, der sehr bald schon im Besitz der Wahrheit sein wird?“

Er beugte sich so nah zu Heinrich, dass ihm sein übler Atem ins Gesicht schlug. „KAFFA!“, zischte er. „Das war das Wort! Einen Schwur habe ich getan, dass der Erste, der dieses unselige Wort in meiner Gegenwart ausspricht, die alles verändernde Botschaft empfangen wird.“ Er senkte etwas die Stimme: „Am Einlasstor, als Ihr von Eurem Auftrag gesprochen habt – Ihr erinnert Euch?“

Heinrich wünschte sich so sehr, ein wenig zur Seite treten zu können, aber Lapos Griff blieb fest.

„Im Anfang war das Wort!“, fuhr er fort, „auch hier: Kaffa. Es muss damit beginnen, denn dort begann alles. Kaffa, ein bloßer Name, aber *non solum voces, sed et res significativae sunt.*“

Heinrich zitterte am ganzen Leib, als er sich willenlos von Lapo in einen der tunnelartigen Gänge ziehen ließ. Nun fürchtete er wahrlich um sein Leben.

Nach wenigen Schritten sah er links und rechts tiefe Mauernischen, in denen die Gebeine von Hunderten von Skeletten aufgeschichtet waren.

„Die Zeiten gehen dem Ende zu, nicht wahr?“, flüsterte Lapo und leuchtete mit seinem schaukelnden Licht in das schaurige Mauerloch, an dessen Ende ein Pergament angebracht war. Heinrich konnte eine nackte Männergestalt erkennen, die von vielerlei Symbolen umgeben war. Derlei Bilder hatte er schon des Öfteren in anatomischen Büchern gesehen.

„Nun, mein Herr, welche neue Erkenntnis wird uns dieses Bild wohl offenbaren?“

Was verbirgt die Zeichnung?

Teufel

Omega

Widder

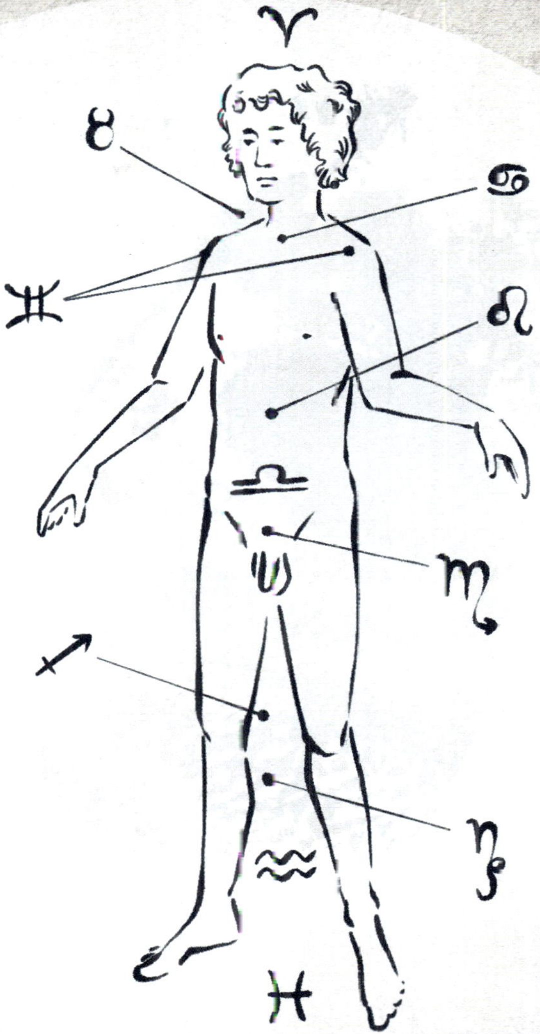

In einem Zug. So zog man einen Drudenfuß, um böse Dämonen zu bannen. Angenommen, man passte ein solches Pentagramm in den Letternkreis ein, so zeigte jede seiner fünf Spitzen auf einen Buchstaben. Ob ihn das weiterbringen würde? Man müsste freilich wissen, wo beginnen. Er entschied sich, systematisch vorzugehen, und wählte als Ausgangspunkt für seinen ersten Versuch das L exakt oben in der Mitte. Rasch zog er im Geiste den fünfeckigen Stern – wie gefordert in einem Zug und bis er wieder am Ausgangspunkt angekommen war. Konnte es denn wirklich wahr sein, dass gleich sein erster Anlauf erfolgreich war? L-Ö-F-F-E-L war auf diese Weise zu lesen. Ein Lächeln huschte über sein Gesicht. Von L zu L. Da war der Anfang das Ende! Ein gewitzter Rätselsteller war hier am Werk.

Aber nun, wo fand man einen Löffel? Am ehesten wohl in der Küche ...
Vorsichtig näherte Heinrich sich abermals der nächstgelegenen der drei Türen, als sie sich plötzlich öffnete und ein magerer Junge mit besudelter Schürze erschien. Heinrich versuchte, einen Blick in den dahinterliegenden Raum zu werfen, und erkannte eine gemauerte Herdstelle, über der sich ein tiefer schwarzer Schlund öffnete. Schnell drängte er sich an dem Kind vorbei durch den Türspalt und fand sich tatsächlich in einer geräumigen Küche wieder.

Die Wände waren mit einfachen Regalen versehen, in denen zinnenes Geschirr aufgereiht war. Das Beste aber war der lange, schmale Tisch mitten im Raum, auf dessen ausgewaschener Holzplatte ein Teller mit einer unberührten Brotzeit stand. Zwei flache gebackene Fladen und ein großes Stück Speck lagen auf einem silbernen Teller. Daneben ein spitzes Messer. Alles sah aus, wie für ihn vorbereitet. Wie er auf einmal seinen leeren Magen spürte! Zögernd trat er auf die Tafel zu und griff nach dem Brot. Es war hart, aber wohlschmeckend und kräftig mit Kümmel gewürzt.

Da ging auch schon hinter ihm die Tür auf: „Meister Heinrich, Ihr seid ein Glückspilz!“ Schellenklirrend trat Lapo in den Raum. „Ich wusste doch, auf Euch ist Verlass. Und seht, damit Euch das Essen nicht im Halse stecken bleibt, habe ich noch einen edlen Tropfen aus den Kellern des Bischofs hochgebracht.“ Er grinste und stellte polternd und überschwappend einen irdenen Krug auf den Tisch. „Wohl bekomm's!“

Der Narr setzte sich ihm gegenüber an den Tisch und stützte die Ellbogen breit auf die Platte. Sein Gesicht legte er in die Hände. So schaute er Heinrich eine Weile zu, wie der mit großem Appetit sein erstes Mahl an diesem Tage zu sich nahm. „Leider fehlt die Musik zu diesem Festschmaus. Und statt der Frauen edlen Gesellschaft müsst Ihr mit mir vorliebnehmen.“

Tatsächlich hatte Heinrich Agnes vor Augen, wie sie mit ihrer Laute auf dem Lieblingsplatz am Fenster saß und mit ihrer wunderbar warmen Stimme dazu sang. Er fasste nach dem Tuch in seinem Ärmel. Der Narr schien es bemerkt zu haben. „Habt Ihr ein Pfand von Eurer Liebsten?“ – „Nur von meiner Schwester, zum Abschied!“

Lapo legte den Kopf schief: „Die Minne ist ein flüchtiges Geschöpf. Erst lächeln sie einem zu und umfangen einen mit lieblichen Worten und Armen so zart. Dann regnet es Tote vom Himmel. Und irgendwann fängt sie zu stinken an, die Minne, und die schönen Arme, die holden Brüste. Hohle Augen in einem wurmzerfressenen Kopf. Beerdigt sie, solange Ihr könnt.“ Er blickte jetzt ins Leere, als sei er gar nicht anwesend, und Heinrich wurde von einem jähen Schauer erfasst. Was für Bilder tobten da in Lapos Fantasie?
Der Appetit war Heinrich vergangen, aber der Wein tat gut.
„Ach, Meister Heinrich, hihi, gesättigt lässt sich's doch trefflich rätseln. Seht Ihr, Ihr wisst es noch nicht, aber Ihr seid in der Pflicht,

fortzuführen, was Ihr nun begonnen! Die Partie geht weiter, Ihr seid es Eurem Vater schuldig. Wollt Ihr in Eurer Zunft erfolgreich sein, müsst Ihr Euch stets zur rechten Zeit am rechten Ort einfinden, wohin auch immer der Weg Euch führen mag. Sagt's mir!" Er öffnete eine Truhe, aus der er eine Decke und ein Netz hervorzog, wischte mit Schwung das Geschirr zur Seite, warf beides auf die Tafel und blickte den Kaufmannssohn herausfordernd an.

Wo soll Heinrich nun suchen?

Im Säulensaal

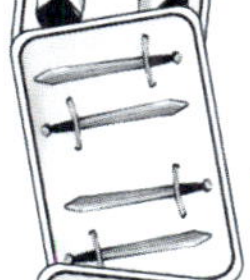

In der Ratsstube

In der Fischerschänke

Eine trostlose Weissagung? Nun, bereits vorher war ihm das merkwürdige Spruchband aufgefallen. Balsam waren diese Worte wahrhaftig nicht. Und doch stimmte es: Was einem Seelenheil brachte, war sicher nicht Pracht: „Pracht", murmelte Heinrich. Und noch einmal: „Pracht ... acht ..." Das Wort enthielt eine Zahl! Das war eine interessante Lesart – ob da noch mehr verborgen war? Auch Andris schien jetzt Feuer gefangen zu haben. Mit plötzlich geröteten Wangen starrte er erregt auf die mit dunkler Farbe gepinselte Weissagung. Gemeinsam untersuchten sie nun das Band von Anfang an, Wort für Wort. „Zwei", stammelte der Novize, beinahe atemlos, in Ver – zwei – felter! Und „Tugen – drei – chtum", riefen beide wie aus einem Mund: „238!" In der Tat. Heinrich nickte und die beiden Männer grinsten sich an. „Die Bände sind nummeriert: Versuchen wir es mit dieser Signatur!"

Nachdem Andris sich aus seiner anfänglichen Erstarrung gelöst hatte, eilte er zu den Regalen, zog aus dem linken einen schmalen Band heraus und drückte ihn an sich.

„Weshalb ist es denn so wichtig?", wollte Heinrich wissen.

„Ach, für gewisse Studien, nicht weiter von Belang. Ich danke Euch jedenfalls sehr!" Andris schob das Buch rasch unter ein anderes, das auf seinem Pult lag.

Dann wandte er sich lächelnd Heinrich zu: „Ehe ich es vergesse", sagte er, nun deutlich gelassener und offensichtlich sogar heiter gestimmt: „Der Narr hat mir noch eine Aufgabe gestellt. Diesmal habe ich sogar die Anordnung, Euch dabei um Hilfe zu bitten, da sie Eurer Profession vielleicht eher entspräche als der meinen. ‚Findet die rechte Ordnung, es wird dereinst von Nutzen sein', hatte er gesagt und hinzugefügt, Ihr würdet in der Lösung der Wahrheit einen unschätzbaren Schritt näher kommen. Es läge ganz in Eurem Ermessen."

Andris führte Heinrich zu einem schlichten Tisch, auf dem nichts als ein dreiarmiger Leuchter stand sowie einige zu Stapeln aufgehäufte quadratische Kärtchen. Auf jedes von ihnen war sorgfältig ein einzelner Buchstabe gezeichnet. Sie mochten wohl als Lernhilfe dienen für Schreibanfänger. Andris aber deutete zunächst auf den Boden. Hier hatte jemand mit Kreide drei verschiedene, mit einem Gitternetz versehene Dreiecke gezeichnet. Es hatte ein wenig den Anschein von Hexenwerk.

„Das stammt von ihm?" Andris nickte. Dann nahm er die Karten vom Tisch und reichte sie Heinrich. „Er hat gesagt, dass wir mit diesen Letternkarten jeweils nur ein Dreieck befüllen könnten und – wenn wir findig wären – es auch bei diesem einen belassen könnten, denn nur eines ist das wirksame. Die Lage von jeweils drei Buchstaben verrät er uns. Als Hinweis auf die Ordnung, die jedem Dreieck innewohnt. Doch, wie gesagt: Nur eine ist die richtige. ‚Jeder Buchstabe ist Teil unserer Leiden und man besiegt sie sowohl durch die Kunst der Geometrie als auch der Philosophie – beide vermengt, ebnen sie uns den Weg ins Reich der Magie.' Das waren seine Worte. Was er wohl damit gemeint hat, Heinrich?" Andris zuckte die Achseln.

„Hat er noch irgendetwas verlauten lassen? Eine Kleinigkeit nur?"

„Hm, nein. Oder doch … Beim Weggehen murmelte er noch, dass Dinge nur so lange existierten, solange man sie benenne." Er seufzte. „Wisst Ihr, in jener Zeit der Genesung hat er auch viel gelesen: die Heilige Schrift und viele Auslegungen. Auch Werke von Thomas von Aquin, Roscelin, Anselm von Canterbury und andere musste ich ihm bringen. Er spann sich ganz in einer eigenen Welt ein. Durchaus ein gebildeter Mann! Leiden seien nur Nomina und nicht mehr als ein von der Stimme erzeugter Lufthauch in Gottes Schöpfung – nur der Name mache sie zu dem, was sie seien. Überhaupt gäbe es nur, was man auch sehen und greifen könne. Roscelin habe recht gehabt: Letztlich sei auch die Dreieinigkeit nicht mehr als ein Aggregat von drei Substanzen! Später fing er an, seine Erkenntnisse mit diesem seltsamen Lachen zu untermalen. So hatte es den Anschein, als spräche hier die Weisheit durch die Narrheit. Das war dann auch die Zeit, als unser Bischof auf ihn aufmerksam wurde."

Heinrich starrte auf die Karten. Je mehr er von diesem vielschichtigen Wesen erfuhr, desto verworrener wurden die Dinge. „Sehen wir uns das einmal genauer an." Heinrich unterbrach seine Grübelei, legte alle Karten vor sich aus und begann, sie nach Buchstaben zu sortieren.

Fünf Stapel erhielt er auf diese Weise: 30-mal A, 13-mal B, 11-mal R, 7-mal K und 5-mal D.

Doch nach welcher Ordnung sollten die Lettern nun in den freien Gitterfeldern verteilt werden?

Und welches Dreieck ist das wirksame?

1

2

3

Die Neugier siegte letztendlich doch über Heinrichs aufkommende Gereiztheit. Die Selbstverständlichkeit, mit der der Narr ihn offenbar mühelos seinen Spielregeln zu unterwerfen schien, begann ihn ernsthaft zu ärgern. Dennoch begann er die Ornamente genauer zu studieren, die sich über den Türen befanden und ähnliche Muster aufwiesen. Dann schob und drehte er die Plättchen, kombinierte und verwarf, und so dauerte es eine Weile, bis schließlich die zwei Fischblasen, die sich in dem Rund über der rechten Tür wiederfanden, angeordnet vor ihm lagen.

„Ich sehe, Ihr findet Euren Weg", applaudierte Lapo. „Nur zu – geht ein Stück voraus!" Er bewegte sich in ein paar ausladenden Tanzschritten durch den Raum, und Heinrich umwehte es kalt, als er ihn streifte.

Als er sich unsicher umwandte, sah er nur die zwei Eselsohren hinter einer Säule hervorspitzen. „Lapo?" Grinsend ließ der Narr sich wieder blicken und umarmte dann die Säule, als wäre sie eine Geliebte, nach der er sich seit Langem gesehnt hatte. „Wie schön Ihr meinen Namen aussprecht, Heinrich", säuselte er und fuhr fort, mit schmeichelnden Bewegungen den glatten Marmor zu umspielen. „LAPO", wiederholte er langsam. „Ja, gewiss so ruft man mich. Oder soll ich sagen, rief man mich?" Sein Gesicht hatte sogleich wieder einen bitteren Zug angenommen. „Ach, denkt, was Ihr wollt. Einst war dies mein Name. Jetzt habe ich dergleichen viele ... So ist das – ein närrisches Dasein." Er drückte sich angewidert von der Säule ab. „Und nun öffnet die Tür, worauf wartet Ihr?"

Heinrich drückte beherzt die eiserne Klinke. Mit seiner Linken – wie ihm zu spät auffiel. Wo er doch stets bemüht war, diesen Makel zu verbergen. Wie viel Spott hatte er schon als Kind für seine falsche Händigkeit geerntet. Des Teufels sei er, zu nichts nutz, und wie er überhaupt von einem so stattlichen und tüchtigen Kaufmann herstammen könne. Sein Vater hatte ihn zwar immer in Schutz genommen, aber auch gewarnt, dass Menschen zu allem fähig seien: Wenn man einen Sündenbock braucht, kann ein solcher Fehler der Geburt gar auf dem Scheiterhaufen enden.

Aber jetzt hatte er andere Sorgen. Lapo stand längst wieder neben ihm und raunte: „Übrigens: Nicht dass Ihr meint, den Herrn Bischof persönlich anzutreffen – nein, nein ...", er schüttelte den Kopf, „Seine Eminenz ist ausgeflogen! Il Signor Vescovo weilt derzeit am Lago di Garda." Trällernd fuhr er fort: „Der Minne wegen ..." Er rollte mit den Augen und küsste mit rund aufgeworfenen Lippen das Köpflein an seinem hölzernen Stab. „Und er tut recht. Was soll ein braver Bischof sich nicht um die Liebe kümmern? Solange er noch kann ..."

Allmählich war Heinrich dieser Anspielungen überdrüssig. Er schritt entschlossen durch die Tür, die, wie von starker Hand zurückgezogen, sofort hinter ihm zufiel. „Was zum Teufel ..." Er sah sich erschrocken um, konnte aber nur feststellen, dass er jetzt alleine war – in einem engen, schlecht beleuchteten Vorraum. Die Tür war glatt, ohne Schloss und Klinke – und fest zu!

Immerhin gab es ein schmales Fensterchen, durch das gedämpft die Geräusche des belebten Stadtplatzes hereindrangen, und zwei weitere Türen, die jedoch ebenso verschlossen waren. Er meinte, Gelächter zu vernehmen und das Hämmern der Zimmerer, die draußen eine Richtstätte aufbauten. Vorhin schon hatte er sie in der eisigen Morgenluft die Bretter heranschleppen sehen und mit Schaudern an das bald folgende Spektakel gedacht. Der Geruch des Todes schien sich nun wie ein feiner Nebel in jede Ritze der engen Kammer auszubreiten, und er kam nicht umhin, sich mit den armen Seelen verbunden zu fühlen, die gerade in den Verliesen des Bischofssitzes eingeschlossen auf ihr unausweichliches Schicksal harren mochten.

Heinrich versuchte, die aufkommende Panik zu unterdrücken. Als er sich etwas genauer umsah, entdeckte er, dass jemand unter dem Fenster einige Handvoll Mehl auf den Boden gestreut und etwas darin gezeichnet hatte. Und weiter im Spiel des Narren! Er bedauerte zutiefst, sich diesem hinterlistigen Widerling so arglos ausgeliefert zu haben.

Ein Kreis war es, der rundum mit Buchstaben umgeben war. Darunter entzifferte Heinrich in dem schummrigen Licht mit Mühe eine Anweisung: **Der Ort in einem Zug. Anfang ist Ende.** Heinrich ging in die Hocke, um die seltsame Zeichnung besser studieren zu können, die der einzige Hinweis auf den Ausweg zu sein schien.

Wohin muss Heinrich gehen?

In den Keller

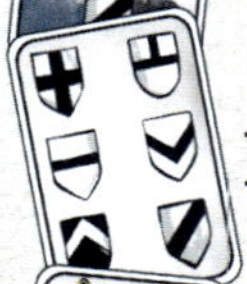

Durch den Kreuzgang

In die Küche

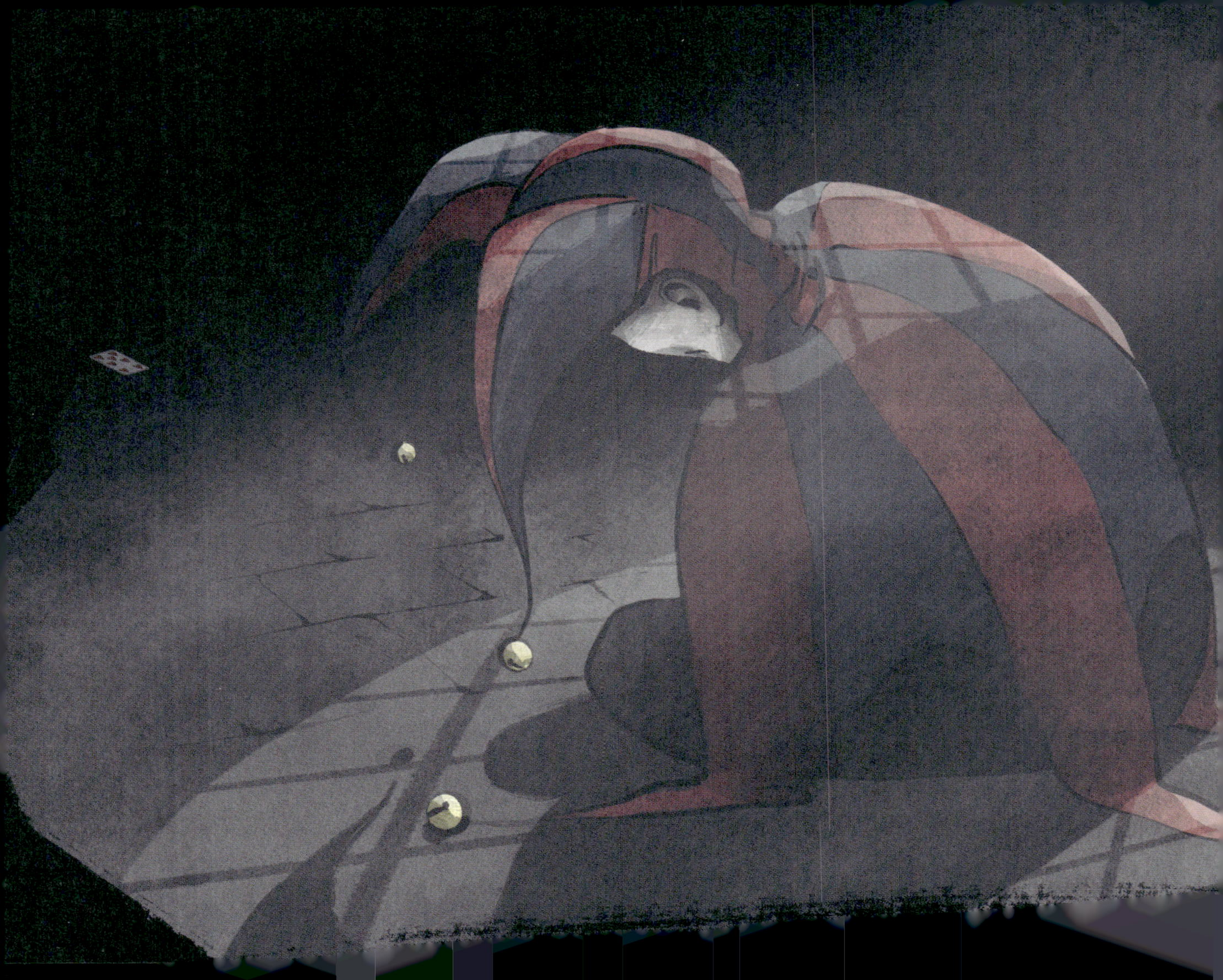

Heinrich versuchte, die Karten auf die Dreiecke zu legen, schob und tauschte – es machte alles keinen rechten Sinn. Dann besann er sich auf die angemahnte Ordnung und versuchte, gepackt vom kaufmännischen Eifer, planvoll an die Sache heranzugehen. Er überlegte, auf welche Art die Karten zusammenhängen konnten, und fing an, sie nach Buchstaben zu sortieren. Die Dreiecke hatten jeweils eine Schenkellänge von elf Feldern. Zur Spitze verjüngten sie sich jeweils um ein Feld. Da es sich nur um wenige Buchstabenarten handelte, ging er davon aus, dass in die Felder vermutlich Reihen gleicher Buchstaben gehörten. Und tatsächlich passten R, K und D sofort auf eine komplette Reihe und stimmten mit den vorgelegten Feldern überein. Dann versuchte er, die restlichen Buchstaben zu verteilen, sodass immer eine vollständige Reihe möglich war und keiner übrig blieb. Auf diese Art ließ sich jedes Dreieck schlüssig belegen, doch welches war das richtige? Die Geometrie schien er gelöst zu haben, nun ging es wohl noch um Philosophie und Magie. Heinrich betrachtete die verschiedenen Dreiecke lange, dann schweifte sein Auge für einen kurzen Moment von den gleichförmigen Buchstabenreihen auf eine Lesart, die dieser Ordnung entgegenstand, und plötzlich entdeckte er es.

„ABRAKADABRA“, ein vertrautes Wort, das er vor langer Zeit einmal gehört hatte, als seine Schwester sehr krank war und die alte Muhme bei Kerzenschein eben dieses an ihrer Bettstatt gemurmelt hatte. Er hatte damals nicht sehen können, was sie da auf den Boden schrieb, aber er hörte, dass das Wort sich aufzulösen begann. Mit jedem Mal verschwand ein Laut daraus. Das war es: ein Schwindezauber. Die Buchstaben mussten sich allmählich auflösen und mit ihnen unsere Leiden, so wie Lapo es gesagt hatte. Es war das mittlere Dreieck.

„Ein kluger Kopf seid Ihr!“ Andris, der mit einiger Mühe versucht hatte, Heinrichs Gedankenwegen zu folgen, war beeindruckt.

Ein wenig stolz war er durchaus, aber jetzt wollte Heinrich die Zeit nutzen, noch mehr über Lapos Vergangenheit zu erfahren: „Dieses Weib, von dem Ihr spracht ...?“

Andris warf einen Blick zur Tür und sagte dann rasch: „Es muss eine Sklavin gewesen sein. Ein Mädchen aus Armenien. Ihre Familie hatte sich verschuldet ... – Ihr wisst, wie schnell es gehen kann. Und so kam sie in sein Haus. Er muss sie geliebt haben wie sein eigenes Leben. Bevor er sie verlor.“

Ein Scheppern ließ die beiden aufschrecken. „Was steht Ihr da herum in trauter Einigkeit!?“ Der Narr war sichtlich übel gelaunt ins Skriptorium zurückgeeilt. Dabei hatte er ein Pult gestreift und ein Tintenfass war zu Boden gefallen.

Er rannte geradewegs zum Fenster, durch das in diesem Moment ein tosender Aufschrei von draußen hereindrang. Er schüttelte nachdenklich den Kopf. „*Non est deus* ...“, murmelte er. Laut ließ er dann die anderen wissen: „Die Erste ist des Todes!“ Offenbar hatte der Henker mit seiner Arbeit begonnen. Eine ganze Weile noch beobachtete Lapo konzentriert, was draußen vor sich ging. Seine Marotte bewegte er dabei in zackigen Bewegungen durch die Luft. Fast sah es aus, als sei er es, der das grausige Geschehen von hier oben dirigiere.

Schließlich wandte er sich wieder den beiden jungen Männern zu, die ihn wie gebannt beobachteten.

Als Lapo das fehlerfrei bestückte Dreieck auf dem Boden entdeckte, pfiff er anerkennend. „Eine feine Sache, nicht wahr?! Hinweggezaubert alles Leid ... – Andris, was sagt Ihr zu diesem Meisterdenker aus

Kapitel 14

Nürnberg?" Er senkte seine Stimme, trat ganz nah an die beiden heran und nahm sie mit funkelnden Augen ins Visier: „Wenn Ihr aber meint, dass sich jedes Übel von einem Abrakadabra in nichts auflösen lässt, dann irrt Ihr! Pah! Ich selbst habe ein Mädchen in meinen Armen gehalten ..."

Ein Fanfarenstoß, der durchs Fenster drang, unterbrach erneut seine Worte. Andris und Heinrich wandten die Köpfe zum Fenster, aber Lapo fuhr unbeirrt fort. „Eleonora war ihr Name und es ging beinahe so schnell wie bei diesen jungen Weibern da unten ..." Er senkte den Kopf und nahm noch einmal das Schwindedreieck in Augenschein. „Fauler Zauber!", schrie er und zerstob mit seiner Fußspitze die Kartenpyramide in ein wildes Chaos. Er wirkte irr vor Schmerz. Heinrich und Andris wussten nicht recht, was zu tun sei. Lapo war auf die Knie gefallen und verbarg sein Gesicht in den Händen. Weinte er? Nach einem Laut, der ein Schluchzer hätte sein können, schob er Heinrich ein Wachstäfelchen zu, auf dem ein Becher und ein kleiner Kasten zu sehen waren.

„Sieh genau hin! Gott soll es sein ...", flüsterte er, noch immer abgewandt.

Was meint Lapo damit?

Labsal

Lösung

Quelle

Heinrich fröstelte. Der Tod, wer sonst? Er ist der große Gleichmacher. Da ist es einerlei, ob du Bettler bist oder König, Mann oder Weib. Er, der die höchste Macht hat, das Lehen, das der Mensch mit dem Leben erhalten hat, einzuholen, spricht von sich selbst im Pluralis Majestatis, den nur Könige verwenden. Heinrich wusste genau, wohin er zu gehen hatte.

Doch vorher konnte er es sich nicht verkneifen, noch rasch einen Blick in das geheimnisvolle Buch zu werfen, auf das der Bischof höchstselbst so außerordentlichen Wert legte. Er schritt zu Andris' Pult und zog es unter dem anderen Band hervor. „Colpi d'Amor" stand darauf geschrieben. Heinrich lachte laut auf. Nichts weiter als Liebesgedichte!

Als er den Deckel öffnete, segelte etwas zu Boden, das lose zwischen den Seiten gesteckt hatte: Heinrich bückte sich und erschrak, als er die reich ornamentierte Spielkarte erkannte. Die zweite! Er fuhr sich an die Stirn. Natürlich, er hatte sechs weitere Rätsel gelöst! Ihm allein hatte die Botschaft mit dem törichten Buch gegolten, der schellenrasselnde Strippenzieher hatte das Spektakel inszeniert! Und er Dummkopf war brav wieder in die Falle gelaufen, aus Neugier, Hilfsbereitschaft oder was auch immer. Mittlerweile saß er ohnehin so tief drinnen, dass er das Spiel weiter mitspielen musste, ob er wollte oder nicht.

Von draußen hörte er Schritte. Heinrich legte das Buch schnell zurück an seinen Platz und nahm die Karte an sich. Das Tierkreiszeichen der Jungfrau war darauf zu sehen.

Als er ins Freie trat, fuhr ihm ein eisiger Wind ins Gesicht. Es war später Nachmittag geworden und dämmerte bereits. Krähen kreisten am Himmel. Ihr Kreischen aus den blauschwarzen Höhen war durchdringend. Das rege Treiben der Marktleute und Bauern schien keinerlei Wichtigkeit mehr zu haben. Ein Rauschen im Hintergrund, nichts weiter. Zentrum des Platzes war jetzt die Richtstätte. Fackeln züngelten funkenschlagend und Fahnen flatterten im Wind. Von der Tribüne aus verfolgten Geistliche, Richter und einige Patrizier das fürchterliche Schauspiel. Der Knecht des Henkers wusch gerade in einem kniehohen Bottich das mächtige Schwert. Tiefrot war das Wasser bereits vom Blut der an diesem Tage Geköpften. Und war da nicht auch der Narr, der über dem Geländer lehnte?

Ein letzter Delinquent schien noch der Vollstreckung seines Urteils zu harren. Tod durch Hängen. Kein Adliger mehr, dem die Gnade eines raschen Hiebs mit der Klinge zuteil wurde, ein armer Schlucker war es, den der Strick erwartete. Da stand er, ein blasser, magerer Mann, der schlotternd und mit gesenktem Kopf seine zusammengebundenen Hände anstarrte.

„Was wird ihm vorgeworfen?", fragte Heinrich die Umstehenden. Er konnte in dieser traurigen, gebeugten Gestalt einfach keinen Verbrecher erkennen. „Gotteslästerung", spuckte eine Frau, die sich für das Schauspiel schon einen Platz in der ersten Reihe gesichert hatte. „Sodomitische Unzucht", geiferte ein anderer und zog seinen Filzhut noch tiefer ins Gesicht. „Zur Hölle soll er fahren!"
Wie konnten diese Gaffer sich nur so am Leid anderer ergötzen? Seine Gedanken waren bei dem Mann, dem nicht mehr zu helfen war. Keine fünf Schritte stand er von ihm entfernt, seiner letzten Momente harrend. Welche Mutter, welcher Bruder mochte um ihn trauern?

„Lasst den Mann frei!", schrie Heinrich plötzlich und wusste selbst nicht recht, was ihm widerfuhr. Als ob man mit einem Scharfrichter verhandeln könne! Einige lachten. „Willst wohl statt seiner am Galgen baumeln?", höhnte einer. Die Frau, die neben ihm stand, spuckte verächtlich auf den Boden.

Ein polterndes Krachen ließ alle auf einen Schlag herumfahren. Völlig unvermittelt hatte der Narr einen waghalsigen Sprung von der Tribüne hinab auf die schneevermatschten Planken gemacht. Da stand er nun, bleckte in die Runde und ließ seine Schellchen ordentlich rasseln.

„Ein Gottesgericht!“, rief er.

Sofort war Ruhe. Wie gebannt starrten alle auf den bunten Spaßmacher, der sich einige Stücke herumliegenden Seils griff und die wundersamsten Knoten hineinschlang. Als er drei davon fertiggestellt hatte, wandte er sich an den verwunderten Henkersknecht: „Habt die Güte, Wertester, Meister Eures Fachs, und überlasst – nur für heute – mir die letzte Nummer dieses köstlichen Spektakels.“ Dabei verbeugte er sich scheinbar unterwürfig. „Der Herrgott höchstpersönlich, ihr lieben Leute, hat mir das Schicksal unseres Delinquenten hier in die Hand gegeben – oder besser einem Kaufherrn aus Nürnberg! Tretet näher, bester Heinrich: Leben oder Tod? Es liegt an Euch . . .“ Heinrich fing trotz der erbärmlichen Kälte an zu schwitzen. „Einer dieser drei Knoten wird sich lösen, so Ihr an den Enden des Seiles zieht. Erkennt Ihr ihn, ist dieser Mann hier frei. Eure Frist: die Dauer eines ‚Ave Maria‘.“

Die Schaulustigen schienen Gefallen an dieser Schicksalsentscheidung zu finden. Das war ja beinahe aufregender als die Hinrichtung selbst! Sofort begann die Menge voller Eifer, das Gebet zu sprechen. „*Ave Maria, gratia plena, Dominus tecum …*“ Ein gespenstischer Chor. Anschwellend. Rhythmisch. Und die Zeit lief.

Welchen Knoten muss Heinrich lösen, um den Mann zu retten?

Heinrich seufzte etwas weinträge, starrte auf das seltsame Gedeck und ertappte sich dabei, wie er spielerischen Gefallen daran fand, nach einer Lösung Ausschau zu halten. Er begann, scheinbar Abwegiges miteinander zu kombinieren, fing gar an zu reimen: Decke, Recke, Ecke ... Angestrengt nachdenkend richtete er seinen Blick nach oben. Decke – natürlich! Auch jeder Raum hat eine Decke und manche war gewölbt. Wenn er sich dann noch das Muster darauf dachte, hatte er sogleich das Bild dieser neuen Gewölbedecken, die nun überall errichtet wurden. Sie waren mit einem Netz aus feinen Rippen überzogen und schienen alles mit Leichtigkeit und Eleganz zu tragen.
„Gibt es hier einen dieser neuen Gewölbesäle, einen Säulensaal vielleicht?", fragte er triumphierend. Lapo schnalzte mit der Zunge und wies ihm den Weg zu einer Tür.

Über eine enge Wendeltreppe gelangten sie ins obere Geschoss. Aus einem dunklen Flur trat ihnen ein Diener mit einem Stapel gefalteter Tücher entgegen. „Ich muss in einen Gewölbesaal, hier im Palast. Sagt mir, wo ich den finde!" Er war überrascht, wie forsch und laut er gesprochen hatte.

Der Mann wies stumm nach der gegenüberliegenden, mit vielfach verschlungenen Eisen prunkvoll beschlagenen Eichentür. Er wirkte überrumpelt, machte nach kurzem Zögern kehrt und verschwand in der Richtung, aus der er gekommen war.

Heinrich drückte vorsichtig die Klinke und steckte den Kopf durch den schmalen Spalt, den er aufgetan hatte. Ein kühler Luftzug schlug ihm entgegen.

Vor ihm lag ein langer, großer Raum, tatsächlich mit mehreren Säulen und einer vielfach gewölbten Decke, die von einem sternförmigen Netz aus bunt bemalten Rippen überzogen war. Diese wuchsen aus den Säulen wie Äste in die Höhe, teilten sich, neigten sich im Scheitel und verflochten sich mit anderen, die auf den Wänden nach unten griffen und von kleinen Figuren gehalten wurden.

Vom Narren kein Wort, dennoch fühlte er in seinem Rücken, dass er gedrängt wurde einzutreten.

Heinrichs Schritte hallten in der Weite des Raumes wider. Tiefe Fensternischen mit seitlichen Sitzbänken befanden sich an beiden Längsseiten, und an der Wand hinten hingen aufwendige Wirkteppiche. Es war der Tanzsaal des Bischofs, und wahrlich, dieser Bischof schien viel Wert darauf zu legen, sich prächtig zu präsentieren.

War der Narr noch immer hinter ihm?

Mitten auf dem gepflasterten Boden, in dessen rötliche Fliesen seltsame Zeichen und Lettern eingeritzt waren, sah er eine offenbar aufwendig gestaltete Spielkarte liegen. Wahrlich ein ungewöhnlicher Ort dafür, denn der Kirche waren die teuer von Hand kolorierten Kartenspiele, die in den wohlhabenden Schichten so beliebt wurden, als teuflisches Laster ein Dorn im Auge. Heinrich trat näher heran und erkannte einen gemalten griechischen Buchstaben auf dem kleinen, steifen Blatt Papier: ein Zeta. Er hatte die Sprache nie gelernt, doch ihre Schriftzeichen verstand er zu lesen.

„Nur zu, hebt sie auf!", zischte es plötzlich, ganz nah, er spürte den Hauch des Atems an seinem Ohr. Lapo war ihm gefolgt wie ein schwebender Schatten. Völlig lautlos waren seine Bewegungen gewesen. Jetzt hüpfte er auf die Fensterbank einer Erkernische, überkreuzte die Beine und umschloss sie mit seinen Armen. Er setzte sein Kinn auf die Knie und wippte breit grinsend vor und zurück.

„Sechs Rätsel habt Ihr gelöst und ein hübsches Spielblatt errungen – bewahrt es gut, denn zweimal sechs Aufgaben habe ich noch für Euch. Löst Ihr sie, so werdet Ihr zwei weitere solcher Karten erhalten. Nebeneinandergelegt werden sie der Schlüssel zum Buch der neuen Zeit sein: Euer Leben, Euer Lieben, Eure Geschäfte. Kaffa, Venedig, Nürnberg. Alles, was Ihr zu wissen begehrt. Alles, was Eure Reise bedeutet, warum sie begann und wie sie enden wird. Aber vorher, werter junger Kaufmann – löst mir die Rätsel, das ist nur recht und billig: Selbst der Tod ist nicht umsonst."

Er rückte sich ein wenig zurecht, während draußen das Licht deutlich dunkler wurde. Schnee wehte an das hohe Fenster hinter dem Narren.

„Woher um Gottes willen ...", begann Heinrich, dem diese Gespinste völlig über den Kopf zu wachsen begannen. Doch Lapo unterbrach ihn nun barsch. „Wer also, meint Ihr, wird Euch den weiteren Weg weisen?", fragte er, den Blick starr auf Heinrich gerichtet. Er sprang vom Sims, wies mit der Hand auf einen der Wandteppiche, in den tier- und pflanzenartige Ornamente eingearbeitet waren, und befahl: „Hier: Folgt einfach den zwei Fischen ..."

Welcher Meister seines Fachs wird Heinrich der nächsten Karte näher bringen?

Ein Botanikus

Ein Medikus

Ein Skriptor

Die Offenbarung! In tiefer Versunkenheit hatte Heinrich die drei Karten studiert, bis er die Lösung schlagartig vor sich sah: Zeta – bei den Griechen der sechste Buchstabe, Jungfrau – das sechste Zeichen im Tierkreis und schließlich das Sechseck. Was sie alle drei verband, war die Nummer 6! Gewiss, hierin lag der Schlüssel: 6 – 6 – 6, es war ein Zahlencode.

Mit zitternden Händen griff er nach dem in der Mitte liegenden Buch. Sein Beichtvater hatte ihm einst von dieser Zahl erzählt, die bei Johannes für den Widersacher steht – für den, der Vater und Sohn leugnet und mit dessen Erscheinen die letzte Stunde eingeläutet ist.

Hastig blätterte er durch die Seiten, und tatsächlich, da war es: **Hier ist die Weisheit. Wer Verständnis hat, berechne die Zahl des Tieres; denn es ist eines Menschen Zahl; und seine Zahl ist sechshundertsechsundsechzig.**

Eine Hand legte sich auf seine Schulter und Heinrich fuhr herum. „Es ist vollbracht!“ Des Narren Augen flackerten. „Nun kennt Ihr die Wahrheit der anbrechenden Zeit.“ Er fuhr in einem hohen Singsang fort, wie aus einer anderen Welt.

„ICH bin der Sendbote des Antichristen, und dieser wird kommen mit Tod und Verderben. In Kaffa setzte er seinen Fuß auf die Erde und hauchte dort seinen tödlichen Atem in das Land.
Ich roch die Fäulnis der pestis magna, der direkt aus den Tiefen der Hölle zu uns aufgestiegenen Seuche, den Odem der ungleichen Mischung aus Blut, Schleim und gelber und schwarzer Galle. Ich sah befallene Leichname der Geflüchteten, die von den unerbittlichen Belagerern zurück in die eingeschlossene Stadt Kaffa geschleudert wurden. Ich hörte die erstickten Rufe der letzten sich windenden Überlebenden auf den voll besetzten Schiffen, die in Venedig ihre Anker warfen.

ICH bin sein Bote, auserkoren aus den Tausenden, aus den Schönen und Goldbesetzten und den Ärmsten der Armen, deren Leichen Siziliens Straßen gen Norden säumen, nun alle gleich aus toten Augen in den Himmel stierend. ER ...“, brach er ab.

Heinrich erstarrte. Nun war offenbar geworden, was des Vaters Traum bedeuten musste.

„Nichts hält IHN mehr auf“, fuhr der Narr leise fort. „Während wir hier sprechen, dringt sein aasiger Dunst bereits durch die Kanäle und Gassen Venedigs. Auf den Schiffen trugen wir die Krankheit mit uns, und ohne Gnade ergreift sie nun Besitz von den Menschen meiner Stadt. Die ersten liegen bereits in Schmerzen. Wie von stechenden Pfeilspitzen durchbohrt, winden sie sich jammernd auf ihren Lagern, geschüttelt von Fieber und Übelkeit. Und wer ihr Laken hebt ..., der sieht die schwarzen Beulen! Es gibt kein Entrinnen. Das große Sterben wird das ganze Abendland erfassen. Sagt das Eurem Vater. Um seine Stoffe soll er sich nicht sorgen – kein Gewinn der Welt wird ihn mehr retten. Und nun geht! Nutzt die letzten Tage ...“

Heinrich war kreidebleich geworden. Irgendetwas sagte ihm, dass dieser Venezianer, bei all seiner Verrücktheit, dennoch die Wahrheit sprach. Jedes seiner Worte schien direkt den dunklen Visionen aus Vaters Traum zu entstammen. In seiner Verzweiflung muss der arme Mensch den Verstand verloren und sich dem Satan verschrieben haben. Doch er weiß, was kommen wird, und ausgerechnet er, Heinrich, würde die grausame Botschaft nun weitertragen müssen. Die Pest also war es, an der die schöne Eleonora gestorben war. Alles fügte sich ineinander. So schnell wie möglich musste er zurück nach Nürnberg. Sollte tatsächlich eine Seuche das Land heimsuchen, musste der Vater gewarnt werden. Das Reich lag wie im Schlaf und wusste von nichts.

+++

Vier Wochen nachdem Heinrich nach einer schlaflosen Nacht im frühen Licht des Tages auf seinem Braunen zum Tor hinausgesprengt war, um den Seinen im fernen Nürnberg Bericht zu erstatten, polterte von Süden her ein von mehreren bewaffneten Knechten begleiteter Kaufmannszug nach Brixen hinein. Es war der Abend vor Kastulus, Anno Domini 1348, kurz nach der Vesper und gerade noch rechtzeitig, bevor die Tore schlossen.

Müde klapperten die Tiere durch die morastigen Gassen. Hin und wieder zeigte sich ein neugieriger Kopf an einem der beleuchteten Fenster, einige leerten ihre Wasserschüsseln, dann wurden die Läden geschlossen.

Vor dem prächtigen Haus des aufstrebenden Kaufherrn Dirnagl kam der Zug zum Halten. Es war der erste in diesem Jahr, der es wagte, den beschwerlichen Weg ins Gebirge auf sich zu nehmen. Der Winter war ungewöhnlich mild gewesen und Dirnagl hatte auf baldige Lieferung gedrängt. In ein paar Wochen wollte er die Reise über den Brenner wagen, um seine Leute in Augsburg, Regensburg und Nürnberg mit venezianischem Leinen, arabischen Gewürzen und afrikanischem Elfenbein zu beliefern. Das Jahr versprach ein gutes Geschäft, da wollte er nicht säumen.

Die Rosse schnaubten und stießen weißen Dampf in den kalten Abend hinein. Rufe wurden laut, das Haus belebte sich und die Dirnagl'schen Knechte kamen mit Fackeln zum Tor heraus.

Vom hintersten Wagen sprangen ein paar Ratten herab, man schwang die Fackeln nach ihnen.

+++

Als sich der erste Fuhrknecht schwerfällig von seinem Bock erhebt, kommt es zu einer Unruhe. Der stattliche Mann scheint seines Körpers nicht mehr Herr zu sein, er schwankt und sackt neben den nervös trippelnden Gäulen zu Boden. Sogleich eilt man zur Hilfe, zwei Mägde stützen das Haupt des Gestürzten und schicken um Wasser. Doch der Fremde aus dem Süden scheint keinerlei Lebenszeichen mehr von sich zu geben. Erschrocken lösen die Frauen das Gewand des Unglücklichen. Ein übler, fauliger Geruch steigt ihnen in die Nase, als sie das Wams um die Brust ein wenig zur Seite schieben.

„Gott Vater sei uns gnädig ...“ Entsetzt bekreuzigen sich die Umstehenden: Schwarz verfärbte, eiternde Beulen bedecken die schweißglänzende Haut des Toten.

„Einfach ...“ Doch Heinrich gehorchte und trat dicht an die Wand heran, um den Teppich genauer zu betrachten. Zacken und Punkte, dann wieder Wellen und Schlingen – ein prächtig und augenscheinlich mit viel Mühe gewirktes Schmuckwerk. Auch die Fische schienen weniger Tiere zu sein als Teil eines raffinierten Musters. Und hatte er ihre stilisierte Form nicht schon irgendwo anders gesehen? Er trat ein paar Schritte zurück und blickte angestrengt nachdenkend zu Boden. Freilich! Hier, unter seinen Füßen, waren sie ebenfalls. Nicht geknüpft, aber kaum weniger kunstvoll in Terrakotta geritzt. Und ein jedes Zeichen war zusätzlich mit einem Buchstaben versehen … Zeichen für Zeichen suchte er nach der ihm zugeordneten Letter ab und war auf diese Weise schnell bei T-I (J)-N-T-E. Tinte – in Gedanken sah er sogleich Fässchen und Feder vor sich. Wer nutzte diese Utensilien? Ein Schreiber natürlich! Was …?

Der Narr war verschwunden.

Heinrich betrachtete die Karte mit dem Zeta in seiner Hand. Und versuchte mit aller Kraft, die düstere Bedrohung zu verscheuchen, die er die vergangenen Stunden empfunden hatte. Ach, wenn schon: Alles Gaukeleien! Er atmete scharf aus und steckte die Karte, ohne weiter darüber nachzudenken, in seinen Gürtel. Ein paar Sonnenstrahlen drangen jetzt durchs Gewölk und warfen harte Schatten in die Fensternischen. Noch einmal ließ er seinen Blick durch den Saal schweifen, dann wandte er sich um und lief eilig über die Treppe nach unten, nur hinaus aus dem unheimlichen Gemäuer.

Auf dem Platz war der Markt in vollem Gang. Heinrich blinzelte irgendwie erleichtert in die frische Winterluft und fragte sich kurz, ob er nicht alles nur geträumt hatte, ob die anstrengende Reise und die Andeutungen des Vaters ihm nicht einen bösen Streich gespielt und Wahnbilder vorgegaukelt hatten. Der kurze Schneeschauer hatte erneut für eine jungfräulich weiße Oberfläche auf den Mauern und Simsen gesorgt, alles schien wieder klar und rein, Heinrichs Gemüt hatte sich wieder gefasst. Auch wenn er mehr denn je zu erfahren wünschte, was es mit dieser zudringlichen Rätselei des Narren auf sich hatte, so hatte sich die schwere Enge um seine Brust wieder weitgehend verflüchtigt. Er besaß ohnehin keinen trübsinnigen Charakter und Familie wie Handelspartner schätzten ihn gleichermaßen für seine geradlinige Verstandesgabe. Für einen Moment stand Heinrich mit geschlossenen Augen vor dem sich weitenden Platz und genoss die wärmenden Strahlen der Sonne.

„Bruder Skriptor, Bruder Skriptor, bitte, so helft mir doch mit diesem Schreiben an den Kämmerer, es kann ja sonst niemand!“ Eine unfreundliche Stimme polterte zurück: „Komm du erst mal deiner freitäglichen Christenpflicht nach, dann sehen wir weiter!“ Heinrich öffnete die Augen. Schräg vor ihm stand ein hager aussehender Mönch in langem schwarzem Habit, der ein eingerolltes Pergament unter seinem Arm hielt, das ihn eindeutig als Schriftkundigen auswies. Seine Kapuze hatte er tief ins Gesicht gezogen.

Aber das war doch Zufall …?

Heinrich beschloss wider all seiner Vernunft, dem schreibkundigen Dürren zu folgen. Dieser ging schnellen Schrittes am Marktgeschehen vorbei und verschwand in einer unscheinbaren Pforte des Gebäudes, das südlich an den Dom angrenzte. Mit einigem Abstand stahl Heinrich sich hinterher und kam über eine enge Treppe in einen Umgang, von dem aus er einen Blick in einen Kreuzgang werfen konnte.

Nach kurzem Zögern öffnete er vorsichtig die Tür, durch die der Schreiber getreten war. Ein großer Raum mit etlichen Pulten tat sich auf, die Wände waren bis in die Höhe mit Büchern über Büchern bestückt. Der schwarze Mönch war ans Fenster getreten und rollte dort im Gegenlicht sein Pergament aus. Er schien ihn zum Glück nicht bemerkt zu haben. Heinrich hielt den Atem an. Eine große Stille lag über dem Raum, so als würde alles auf etwas warten.

„Tritt näher, mein Sohn!“ Heinrich erschrak. „Eh wir uns weiter unterhalten ... Ein Händler, hieß es – wohlan, beweise es! Zahlen sollten deine Kunst sein.“ Der Mönch hüstelte und tippte mit knöchernen Fingern gegen die Scheibe. „Dort unten, siehst du die sieben Karren stehen?“ Heinrich trat eingeschüchtert heran und berührte versehentlich den steifen Stoff der Kutte, als er sich vorsichtig neben dem Skriptor nach vorne beugte. Kalt und leblos fühlte sich das an. Der Mensch war ihm äußerst unbehaglich. „Ein jeder ist beladen mit sieben Kisten, die ihrerseits jeweils sieben Körbe enthalten“, fuhr dieser fort, „in denen man je sieben Säckchen mit sieben Talern versteckt hat. Wie viele Dinge zählst du?“ Der Schwarzgewandete, der ihm bisher immer noch seinen Rücken zugewandt hatte, drehte sich unvermittelt um und Heinrich sah zum ersten Mal sein Gesicht.

Wie lautet das Ergebnis der eigenartigen Zahlenprüfung des Mönchs?

16107

16807

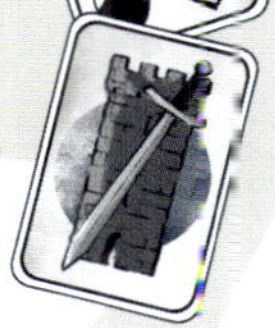

19607

Wie grausam Lapo war! Ein Tier war es, dessen Bruchstücke Heinrich nun in seinen Händen hielt. Hatte er doch als Erstes Kopf und Schnauze erkannt, als er versucht hatte, die einzelnen Teile wieder zu einem Ganzen zusammenzufügen. Ein Lämmchen. Freilich, die Fahne mit dem Kreuz dazu: Agnus Dei. Das Lamm Gottes lag hier in Scherben. Zu was war dieser Mensch noch fähig? Behutsam strich er über das kühle Glas. War es blinde Zerstörungswut, die Lapo getrieben hatte?

Der hielt sich gar nicht weiter mit Kommentaren auf, sondern drängte Heinrich gleich wieder ins Seitenschiff. Es war, als hätte ihn plötzlich eine seltsame Hast ergriffen. Die Mönche hatten den Chor verlassen. Nur ein schiefschultriger alter Gnom machte sich weiter hinten an ein paar Kerzenstummeln zu schaffen, die müde in einer blechernen Schale niederbrannten. Er schien von nichts Notiz genommen zu haben.

Einmal zuckte Heinrich kurz zusammen, als ihn von der Seite plötzlich ein hohles Gesicht anstarrte. Eine Sense schien gleich über ihm niedergehen zu wollen, und das Memento mori, das auf einem Spruchband über der schaurigen Gestalt wehte, tat sein Übriges. Der Tod. Offensichtlich wollte man ihn als den Meister über die Zeit darstellen, denn er war über dem Ziffernblatt einer dieser neuen Uhren angebracht, die er schon aus Nürnberg kannte. Ein offenes Gerüst aus Holz und Eisen trug den aufwendigen Mechanismus mit etlichen Zahnrädern, Seilen und Gewichten.

„Die Zeit läuft ...“, zischte Lapo. Heinrich konnte diese Andeutungen und Wortspiele nicht länger ertragen und brach hervor: „Hört, Lapo“, begann er, „dieses ganze Spiel, nun ..., das wir beide hier zu spielen scheinen“, er stockte, „ein Rätsel ums andere spult Ihr vor mir ab, wie von Geisterhand ...“

„Du sprichst ganz recht“, sagte Lapo, „ist eine Sache nur einmal angestoßen, so läuft sie wie von selbst ab. Wie bei diesem Wunderwerk aus Rädern und Seilen.“ Er strich sachte mit seinem Stab am Rahmen der Uhr entlang: „Tick, tick, tick – bis dir die Stunde schlägt, da gibt es kein Entrinnen.“ Lapo verzog seinen Mund zu einem milden Lächeln. „Der Demiurg dieses Werkes bin ich. Diesen kleinen Schöpfungsakt habe ich mir angemaßt. Wisst Ihr, als ich krank darniederlag, nach meiner Ankunft in dieser Stadt, hatte ich viel Zeit, den tieferen Sinn meiner Errettung zu ergründen. Tragt Ihr noch das erste Pergament bei Euch? ‚Damit beginnt es‘ stand darauf geschrieben, Ihr erinnert Euch? Und jetzt ...“ – er blickte Heinrich geheimnisvoll an, „jetzt sind wir fast am Ende: Bald werde ich meine Sendung für die Welt offenbar machen.“

Heinrichs Herz klopfte wie wild. „Damit beginnt es – schön und gut“, flüsterte er aufgeregt, „aber warum ich?! Warum habt Ihr mir diese Zeilen zukommen lassen und nicht ...“, er blickte suchend um sich, „da vorne dem buckligen Greis, der Wirtin im Gasthaus oder irgendeinem Studiosus, dem Ihr noch schwerere Rätsel hättet auferlegen können?!“

Lapo legte seinen Kopf in den Nacken und lachte lauthals auf. „Erst jetzt stellt Ihr mir diese Frage? Ihr braver, gewitzter und doch so einfältiger Geselle? Nun, ich will es Euch gerne sagen. Ein wenig Geduld noch ...“ Lapo entzündete eine Lampe, deren flackerndes Licht hektisch zuckende Schatten an die Wände warf.

„Ach“, fasste Lapo ihn immer noch in sich hineinkichernd am Arm und deutete auf den Boden. „Betrachtet doch einmal dieses kunstvolle Mosaik. Was könnt Ihr erkennen?“

Wohin wird Lapo Heinrich als Nächstes führen?

Beichtstuhl

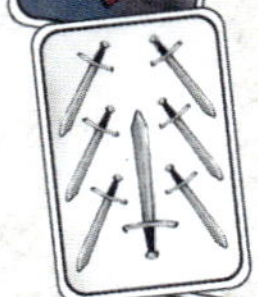
Krypta

Sakristei

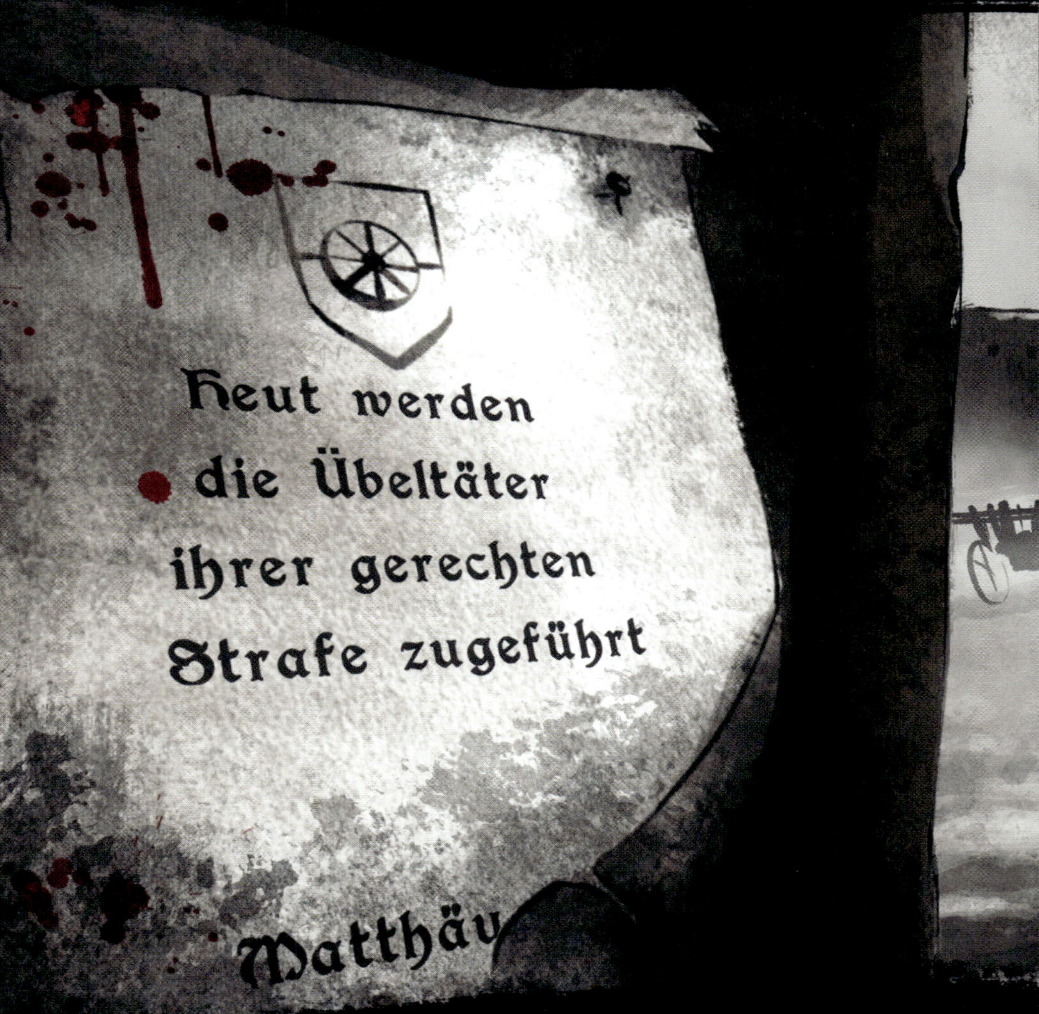
Heut werden
die Übeltäter
ihrer gerechten
Strafe zugeführt
Matthäu

Heinrich war dem Gedankengang gefolgt und hatte sich im Kopf einen Bogen Pergament vorgestellt. Wenn er ihn einmal falten und die Ecken abschneiden würde, könnte er noch kein Loch im Pergament erkennen. Die abgeschnittenen Enden waren ja am Rand des Bogens. Faltete er ihn nun noch einmal in der Mitte, konnte er nur ein Loch in die Kreuzung der Faltkanten schneiden. Jedoch gleich drei mögliche Löcher beim nächsten Knick. In ein fünfmal gefaltetes Pergament gingen also ... „Einundzwanzig!“, rief er.

Da klatschte der Narr in die Hände: „Sieh an! Einen klugen Burschen habe ich da ausgemacht!“ Er machte eine leichte Verbeugung. „Wollt Ihr mir nun nicht Euren Namen verraten?“

„Gewiss. Ich bin ...“, hob Heinrich wohlerzogen an, doch der Possenreißer fiel ihm sofort wieder ins Wort. „Schweigt! Nun ist es an mir zu raten! Wie dumm von mir, mich beinahe um dieses Vergnügen gebracht zu haben ...“ Er verzog ein wenig die Partie um seinen Mund, die Narbe trat dadurch noch wulstiger hervor. Heinrich war seltsam fasziniert von diesem Gesicht. Es war eigentlich fein geschnitten, mit schmaler, gebogener Nase und hellen Augen, die trotz der verschlagenen Schläue, die aus ihnen hervorblitzte, von Trauer und Verzweiflung gezeichnet schienen. Der Mann hatte durchaus etwas Schönes, eine Tatsache, die die grausige Entstellung umso tragischer wirken ließ. „Seid Ihr Bartholome ...?“, begann der Narr. „Balthasar ...?“ Dann machte er eine bedeutungsvolle Pause, bevor er fast flüsterte: „Oder nennt man Euch ... Heinrich!?“

Heinrich erschrak. „Wie könnt Ihr das wissen?“ „Ach“, winkte der Narr ab, „ich weiß so vieles. Zu viel!“ Dann, wieder kaum hörbar: „Wie gerne hätte ich manches davon nicht gewusst ...“

Heinrich wurde nicht klug aus diesen Aussagen, aber seine Neugier war geweckt. Er fasste den Entschluss – nun, da er sich ohnehin entschieden hatte, einen Tag hier zu verweilen –, den Spaßmacher noch etwas zu begleiten. Irgendein Geheimnis hatte er. Und was hatte jenes mit ihm zu tun? Er würde schon noch dahinterkommen.

Inzwischen lag das Licht der blassen Wintersonne über dem Marktplatz. Zum ersten Mal nahm er die Stadt, die er gestern bei Dunkelheit betreten hatte, bewusst wahr. Er staunte über die prächtigen Häuser mit ihren aufwendig bemalten, zinnenbewehrten Fassaden. Vor allem aber fiel ihm die mächtige Burg auf, die sich am südlichen Ende in die Stadtmauer einschob. Das musste der Sitz des Bischofs sein. Ein Wassergraben umzog den rechteckigen Bau, der schon einiges von diesem neuen Stil zu erkennen gab, der nun überall Einzug hielt.

„Gefällt Euch die Burg?“, fragte der Narr, „Il Palazzo del Vescovo ...“, flötete er und hakte sich bei Heinrich unter. „Ich kann sie Euch zeigen. Sie ist mein Reich!“ Dann beugte er sich ganz nah an Heinrichs Gesicht. „Aber erst einmal sollte nun ich mich Euch vorstellen, nicht wahr? Lapo ruft man mich. „L – A – P – O“, wiederholte er jeden einzelnen Laut in einem seltsamen Singsang.

Plötzlich zog er ein Stückchen verkohltes Holz aus der Tasche und zeichnete einem zufällig vorübergehenden Mädchen blitzschnell ein schwarzes Mal auf die Stirn. Das Kind riss die Augen auf und blieb wie versteinert stehen. Lapo brach in lautes Lachen aus. „Wie vom Tod persönlich geschminkt, so schnell kann es gehen!“ Ehe die Kleine voller Entsetzen Reißaus nahm, steckte er ihr rasch noch eine Karte zu. Ein schauriges Skelett war darauf zu sehen, das die Sense führte.

Fassungslos blieb Heinrich stehen und blickte dem armen Kind hinterher. Nein, nun war es genug! All diese zweifelhaften Späße und das Ganze auf nüchternen Magen. Konnte er nicht einfach in Frieden über diesen malerischen Marktplatz flanieren? Stattdessen folgte er wie hörig einem offensichtlich Verrückten, dessen von klingenden Eselsohren umrahmtes Gesicht sich jetzt zornig nach ihm umwandte: „Was ist? Wolltet Ihr nicht meinem Herrn, dem Bischof, einen Besuch abstatten?! Da steht Ihr hier und haltet Maulaffen feil!“ Er kicherte wütend. „Gerade wie jene in den Menagerien der mongolischen Kahne vor dem verfluchten Kaffa, die ihr Maul zur rechten Zeit aufreißen wie ein bleckender Narr?“ Dabei ahmte er das äffische Gebaren mit aller Kunstfertigkeit nach, schob den Unterkiefer nach vorne, sprang auf und kratzte sich unter den Achseln.

Eingeschüchtert folgte Heinrich seinem zwielichtigen Begleiter Richtung Burg. Vor der Brücke über den Graben, der an dieser Stelle mit einer niedrigen, schadhaften Mauer eingefasst war, hielt Lapo an. Mit seinen Schnabelschuhen scharrte er ein paar Mauerabbrüche, in die Buchstaben eingraviert waren, vor Heinrichs Füße. „Seid Ihr klug genug, das Häuflein zu entziffern?“

RO–XIA–EN–BRI–TY–LIS–MATT–GAS–AND–HÄ–US–S–ER

Was kann Heinrich lesen?

Land und Name

Herr und Knecht

Anfang und Ende

239
242
243

werden dich retten.
Arithmetik

Zum Teufel, er hatte jetzt wahrlich keine Muße für diese törichten Albereien! Er kam sich vor wie ein dressierter Affe! Und was für eine Regel sollte das sein, nach der 4 die Hälfte von 9 war? Er wusste schon, warum er diese neumodischen arabischen Zahlen nicht mochte! Als Kaufmann waren ihm die Zahlen der Römer vielfach vertrauter. Die Zehn ein X und die Neun eben ein Strich weniger. Damit ließ sich umgehen. Heinrich runzelte die Stirn. Und wenn genau darin die Lösung lag …? Eine römische IX und ein Hieb mitten durch: Da stand auf einmal die IV. Desgleichen die XI: Entzweigeschlagen ergab sie die VI – so war das mit der XIII schließlich ein Kinderspiel. Er musste hier weg. Ungeduldig wandte er sich der Tür zu und erwiderte barsch: „Nach Eurer Regel, Lapo, ist die Hälfte von 13 die 8!"

„Klug erkannt, Ihr seid auf einem guten Weg zur Wahrheit!", gratulierte der Narr. „Nur nicht so hastig!" Mit süßlich-boshafter Miene wandte er sich an den jungen Geistlichen: „Nun, lieber Andris, Ihr könnt noch einiges lernen von unserem klugen Mathematicus hier. Wollt Ihr ihm derweil liebenswürdig Gesellschaft leisten? Lasst ihn ja nicht aus den Augen, unseren hochgeschätzten Gast! Mag er Euch beim Ordnen der Bücher klugen Beistand leisten – den habt Ihr ohnedies bitter nötig, wie mir scheint. Ich selbst bin untröstlich, muss mich aber für den Moment von Euch verabschieden. Unaufschiebbare Geschäfte ... Bruder Skriptor, Ihr eilt mit mir, ich brauche Eure Dienste!"

Als er mit ausladender Abschiedsgeste die Tür öffnete und den älteren Geistlichen vor sich herscheuchte, wehte es einige Blätter davon. Andris machte sich daran, die Pergamente einzusammeln, und Heinrich sprang ihm rasch bei. Die Stimmung hatte sich mit dem Verschwinden des Narren merklich entspannt. Vielleicht war jetzt eine gute Gelegenheit, ein wenig über seine zwielichtige Bekanntschaft zu erfahren.

„Sagt, was wisst Ihr von Lapo? Sein Gebaren kommt mir reichlich eigen vor." „Ach", Andris seufzte tief auf, „ein Weltverdreher ist er, fürwahr. Der Hofnarr Seiner Eminenz. Aber nicht Heiterkeit und frei Späße sind mit ihm in den Palast eingekehrt, sondern Zweifel, Furcht und Unbehagen. Sein Lachen hat den Teufel gesehen, und keiner wagt es, seine Stimme gegen ihn zu erheben, nicht einmal der Bischof selbst. Es scheint gar so, als sei er der wahre Herr dieser Stadt."

Er hielt kurz inne. „Das ist aber nur die eine Seite. Ihr müsst wissen: Diesem Elenden ist so manches Unglück widerfahren. Vor einem halben Jahr kam er mit einem Kaufmannszug aus Venedig in die Stadt. Ein verwirrter Mann, Italiener, erschöpft und gezeichnet von großer Not. Es gehen Gerüchte, dass er aus einer fernen Stadt im Osten geflüchtet war."

„Kaffa!?", flüsterte Heinrich heiser.

„Mag sein, ich weiß es nicht. Man sagt, er habe dort ein überaus großes Vermögen angehäuft und alles verloren. Hier, auf den Stufen des bischöflichen Palastes, brach er plötzlich zusammen. Heftiges Fieber hatte ihn überfallen, und mir, der ich zu dieser Stunde der einzig Diensthabende war, blieb nichts übrig, als ihn rasch in die Krankenstube zu schaffen. In den darauffolgenden Tagen wich ich nicht von seiner Seite. Er war dem Tode näher als dem Leben. Ich flößte ihm Suppe ein und wusch die eiternde Wunde. So kam er langsam wieder zu Kräften. Aber in seinem Kopf ist so manches in Unordnung geraten." Ein freundliches, wenn auch deutlich angespanntes Lächeln huschte über die Lippen des jungen Mannes, als hätte er Sorge, die Wände könnten ihr Gespräch belauschten. „Zuverlässiges zu seiner Herkunft kann ich Euch nicht sagen, nur die Worte wiedergeben, die im Fieber aus seinem Munde kamen. Ja, wahrhaftig, er sprach im Wahn! Mehrere Male gar. Nur, was daran wahr und was ersponnen:

Wie sollte ich das wissen?"

„Welcher Art waren denn seine Worte?"

Der Mönch, der ohnehin schon fast geflüstert hatte, senkte die Stimme noch mehr: „Von einem Weib war die Rede."

„Was Ihr nicht sagt!"

„Himmlisch schön soll es gewesen sein und dabei so klug wie ein Mannsbild. Er selbst, unser Narr, habe ihm das Lesen und Schreiben beigebracht."

„Ganz wie Agnes", schweifte Heinrich in Gedanken ab. Er wusste noch gut, mit wie viel Nachdruck sie darauf bestanden hatte, dass der Vater auch für sie einen Magister ins Haus holen möge. Richtig wütend war sie geworden. In diesem Moment spürte er, wie Andris' Hände vorsichtig die seinen berührten. Er zuckte zusammen.

„Die Rede von diesen Dingen verwirrt mich ein wenig", murmelte Andris entschuldigend und wandte sich ab, als sei ihm plötzlich unwohl. Nervös lächelnd musterte er den Boden.

„Und da ist noch eine andere Sache ..." Der Novize zögerte. „Es gibt ein Buch hier im Raum, das ... nun, wie soll ich sagen ..." Andris deutete auf ein Spruchband, welches ganz oben über einem der schweren Regale angebracht war. „Seit einiger Zeit schon soll ich ein geheimes Büchlein finden, das dem Bischof teuer ist – bislang umsonst. Die Inschrift weist angeblich den sicheren Ort. ‚Gar trostlos ist die Weissagung', hieß es, ‚doch sie ist es, die den Schlüssel enthält.' Meine Zeit läuft ab, denn falls ich es bis heute zum Abendgebet Lapo nicht übergeben habe, werde ich empfindlich dafür einstehen müssen."

Heinrich blickte erst etwas ratlos auf den nun verzweifelt dreinblickenden jungen Geistlichen und dann nach oben: In kunstvoll ausgeführten Lettern stand da: **Verzweifelter! Weder Tugendreichtum noch Pracht werden dich retten.**

In welchem Regal mochte das gesuchte Buch verborgen sein?

Im Regal links

Im mittleren Regal

Im rechten Regal

Die Symbole erkannte Heinrich als Tierkreiszeichen. Widder, Krebs, Löwe ... Sie alle hatten auch eine medizinische Funktion und waren in der Heilkunst zuständig für bestimmte Bereiche des menschlichen Körpers. Doch bei näherer Betrachtung stimmte hier etwas nicht. Heinrich befiel ein ungutes Gefühl. Was ihn stutzen ließ, war das, was er zunächst für das Zeichen des Stiers gehalten hatte. Sollten die Hörner da nicht an den Enden nach außen gebogen sein? Diese hier öffneten sich nach innen ... Er zweifelte nun nicht mehr. Das war kein Stier! Nein, was hier zu sehen war, stand für den Teufel!

Ihm stockte der Atem. Sollte er jetzt geopfert werden wie ein Lamm auf dem Altar? Würde der Narr ihn nun, irgendeinem finsteren Ritual folgend, einfach abschlachten? Lähmende Angst legte sich um seine Glieder, er fühlte sich wie festgekettet an dieses unselige Wesen.

Lapo feixte ihn mit gebleckten Zähnen an. Das Spiel von Licht und Schatten ließ sein Gesicht noch fürchterlicher erscheinen: die Furche darin, die hohlen Wangen. War das jetzt das Ende? War das die Botschaft aus Vaters Traum? Sollte er seinen Sohn, ohne es zu ahnen, in den Tod geschickt haben? Der Boden schien sich unter Heinrichs Füßen zu öffnen.

Doch nichts passierte. Langsam und bedeutungsvoll schob der Narr ein kleines, steifpapierenes Kärtchen vor sein Gesicht. „Es ist Eure dritte ..."

Ein kunstvoll gezeichnetes Hexagon war darauf abgebildet. Er reichte es Heinrich und schlüpfte mit seiner Lampe an ihm vorbei zurück in die Krypta.

Dort eilte er zum Altar und entzündete feierlich drei Kerzen. Beim Aufflammen der Lichter entdeckte Heinrich, was er vorher gar nicht bemerkt hatte: Es lagen aufgeschlagene Bücher darauf. Eines vor jeder Kerze.

Aber die Blinden will ich auf dem Wege leiten, den sie nicht wissen; ich will sie führen auf Steigen, die sie nicht kennen; ich will die Finsternis vor ihnen her zum Licht machen und das Höckrichte zur Ebene. Solches will ich ihnen alles tun und sie nicht verlassen, ging es Heinrich durch den Kopf.
Nachdem er sich dem sicheren Tod eben noch so nahe geglaubt hatte, empfand er in dem Bild, das sich ihm nun darbot, das erste Mal so etwas wie Ruhe und Ordnung. Die Wirrnis, die seit dem Passieren der Brixener Stadtmauern von seinem Geist Besitz ergriffen hatte, legte sich etwas. Und mochte es auch eine schwarze Messe sein, die der Narr hier zu zelebrieren gedachte.

„Nun habt Ihr alle drei Karten errungen", begann der. „Legt sie eine an die andere und bemüht Euch ein letztes Mal: Zu welchem der drei Bücher führen sie? Ich sage Euch: Nur dieses eine ist im Besitz der Wahrheit und gibt Euch Antwort auf alle Fragen dieser Tage. Tretet näher, Kaufmannssohn, und sagt mir jetzt: Welches Buch enthält die Botschaft, die Ihr Eurem Vater schuldig seid?"

Zögernd ging Heinrich zu dem erleuchteten Altar. Er legte die drei Karten nebeneinander – Zeta, Jungfrau, Hexagon – und studierte dann die offen ausgebreiteten Handschriften.

Links lag ein Werk der Hildegard von Bingen, „Scivias", sehr bunt, aber verwirrend bebildert: Heinrich sah Monster, Mensch und Tier in seltsamen Umschlingungen. Immer wieder waren Kreise und Ringe in die Miniaturen eingearbeitet, sie schienen eine besondere Symbolkraft zu besitzen.

Auch das mittlere Buch war äußerst prächtig gestaltet. Mit reichlich Gold waren biblische Szenerien dargestellt, die Heinrich durchaus vertraut waren. Recht schnell erkannte er, dass es sich um die „Offenbarung des Johannes“ handeln musste.

Das letzte Buch hingegen erschien ihm fremd: „Ars generalis ultima“ von einem gewissen Ramon Llull. Auch darin befanden sich vor allem Kreise, die in verschiedene Segmente unterteilt und mit verwirrenden Wort- und Zeichenketten bestückt waren. Es handelte sich um äußerst vielschichtige, geometrische Figuren, die sich sicher nur von Eingeweihten entschlüsseln ließen. Ein Zauberbuch?

Wie nun sollten die drei Karten das richtige Buch aufschließen? Welchen Hinweis enthielten sie?

Zu welcher Handschrift führen Heinrichs Karten?

***Scivias* von Hildegard von Bingen**

Die Offenbarung des Johannes

***Ars generalis ultima* von Ramon Llull**

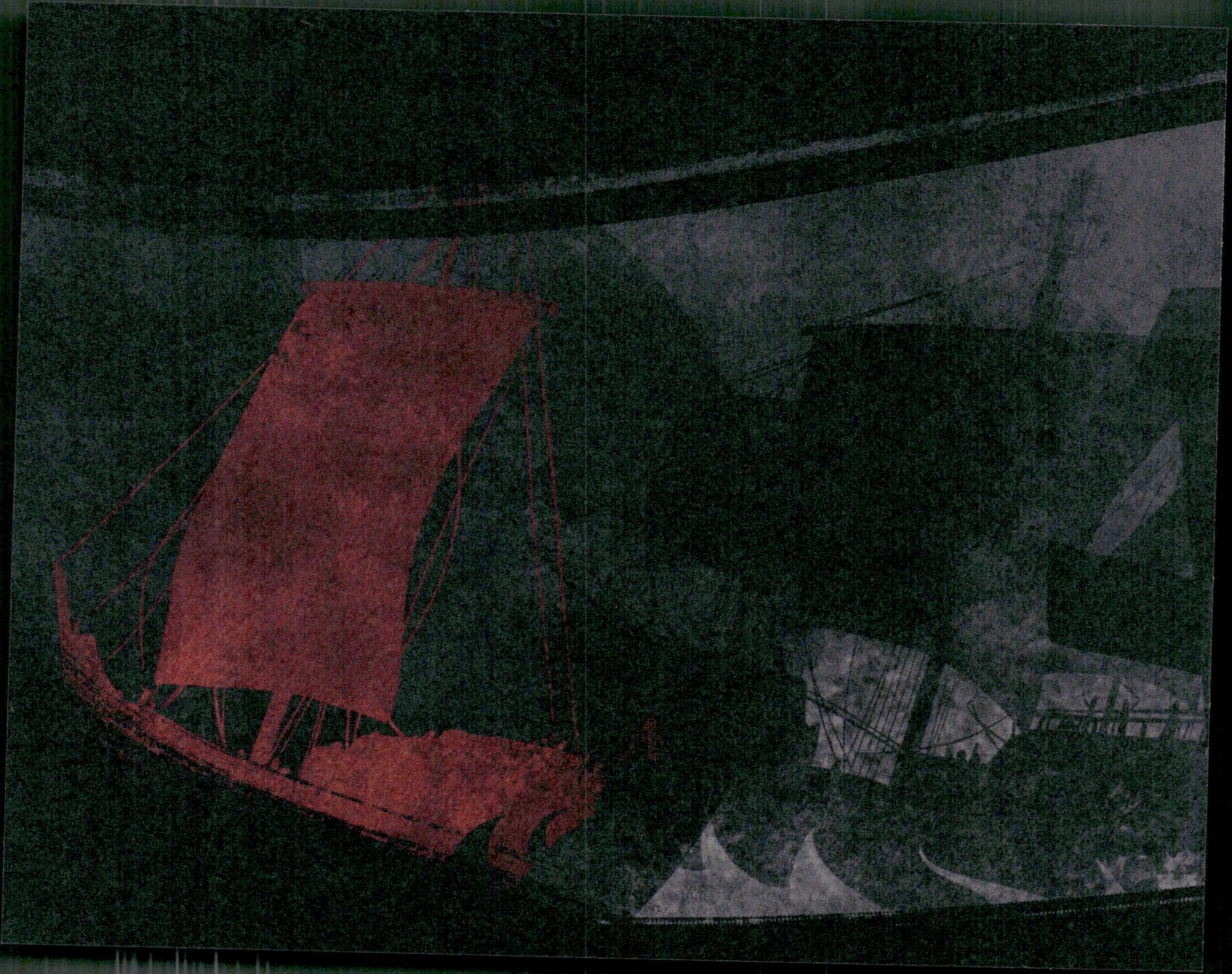

Ein Becher – oder war es ein Honigtöpfchen? Daneben ein Kasten. Was mochten diese beiden Gegenstände für eine Aussage enthalten? Heinrich wollte nichts Rechtes einfallen. Oder ging es gar nicht darum, was das Bild darstellte? Konnte man die schlicht gezeichnete Karte auch auf andere Weise lesen? Ja, doch: Änderte man seinen Blick nur ein wenig, ließen sich Zeichen darin erkennen. Sah nicht der Rand des Bechers mit dem herausstehenden Löffelstiel aus wie ein Q? Und der Becher selbst ein U – natürlich: QU! Doch was war mit dem Kästchen? Gab es auch darin eine Botschaft zu entdecken? Gewiss – es war nicht so offensichtlich –, aber die hinteren und oberen Kanten bildeten zwei L, während die Front aus zwei einander anblickenden E bestand. Das ergab die QUELLE! Gott ist die Quelle allen Lebens. Und hieß es nicht in der Offenbarung: Ich will dem Durstigen geben von der Quelle des lebendigen Wassers umsonst. Mehr an Andris gewandt als an den offensichtlich mitgenommenen Lapo, rief Heinrich das Lösungswort.

Der Narr, der sich wieder erhoben hatte, nickte. „Quelle allen Lebens oder Quelle allen Leidens ...", sagte er und strich mit seinen Fingern eine Falte in seinem Gewand glatt. Seine Stimme hörte sich auf einmal ganz anders an. Da war nicht mehr dieses unnatürlich Ausgelassene. Melancholisch klang sie und fast singend.

„Als sie tot war", fuhr er leise fort, „da begann schon allenthalben das große Rennen und Drängen. Ein paar Dutzend Schiffe sind nicht viel, wenn alle auf einmal entkommen wollen. Man schlug sich, trampelte über die Leiber derer, die gestürzt waren. Wie ein Rauschen ging all das an mir vorbei, was trug mich? Meine Augen sahen kein Außen, da ist nur mehr das Bild meiner Hände, an denen noch die Erde klebte, mit der ich sie begraben habe."

Lapo starrte abwesend in die Ferne. „Da war auch schon der schwankende Boden des Schiffes unter mir. Warum war ich schneller gewesen als mein Nebenmann, der in seiner Verzweiflung mit dem Schwert um sich schlug? Er traf meinen Schädel, ein Riss mitten durchs Angesicht, aber ich lebte. Warum? Der Hieb war nicht tödlich. Diese Gnade blieb mir verwehrt. Ich, der nichts sehnlicher als das Ende gewünscht, stand unter den flatternden Segeln mit Kurs auf Venedig. Warum ich und nicht jene, die im Kampf ins Meer stürzen? Warum ich und nicht Eleonora?"

Die beiden Männer hatten den Atem angehalten während dieser Rede, wie gebannt von diesem kurzen Moment, in dem der Narr nicht Narr, sondern Mensch zu sein schien; wenn auch das Erinnerte auf ganz andere Art noch schauriger war als die unberechenbaren Possen, mit denen er sonst aufwartete. Erst ein erneuter jäher Aufschrei von der Richtstätte riss Lapo wieder aus seinen Gedanken. „Wovon sprach ich?", stieß er hervor und drehte den Kopf hin und her, als suche er etwas, das gerade noch da gewesen.

„Die holde Eleonora ...", beeilte Heinrich sich zu sagen, aber da erkannte er schon an der ganzen Körperhaltung, dass der Vorhang wieder geschlossen war, dass hier wieder der Possenreißer und Spaßmacher stand, unnahbar und dunkel. Der boshafte Zeremonienmeister mit all der sinistren Macht, mit der er die Menschen seiner Umgebung wie Schachfiguren zu manipulieren schien.

„Nun denn, Ihr werdet kaum den Rest des Tages damit verbringen wollen, untätig herumzustehen? „Andris! *Mi raccomando* ...", sagte er in seiner Muttersprache. „Ich bitte Euch, sprecht – Ihr wisst es doch a memoria ..."

Andris begann mit leicht zitternder Stimme etwas offenbar auswendig Gelerntes vor Heinrich herzusagen:

„Knecht bleibe Knecht und Herr bleibe Herr! Wir wollen beweisen, dass wir recht wägen, recht richten und recht verfahren in der Welt, niemandes Adel schonen, großes Wissen nicht achten, keinerlei Schönheit je ansehen, Gabe, Liebe, Leid, Alter, Jugend und sonstige Dinge nicht wägen. Wir tun gleich der Sonne, die scheint über Gut und Böse.“

„Ihr wisst, wer hier spricht, nicht wahr, Heinrich?“ Lapo verzog spöttisch seinen Mund zu einem Grinsen. „So wisst Ihr auch, wo wir uns wieder begegnen werden …“ Er ging Richtung Tür und bedeutete Andris mit ungeduldigem Fingerschnippen, ihm zu folgen.

Das zerbrochene Fässchen lag immer noch da. Die Tusche hatte einen zerfaserten schwarzen Fleck auf den Porphyrboden gezeichnet.

Heinrich musste nicht lange überlegen, wer in den von Andris rezitierten Zeilen sprach:

Die Gemeinschaft der Heiligen

Die Weisheit, philosophia

Der Tod

Knecht bleibe Knecht und Herr bleibe Herr! Wir wollen beweisen, dass wir recht wägen, recht richten und recht verfahren in der Welt, niemandes Adel schonen, großes Wissen nicht achten, keinerlei Schönheit je ansehen, Gabe, Liebe, Leid, Alter, Jugend und sonstige Dinge nicht wägen. Wir tun gleich der Sonne, die scheint über Gut und Böse.

„Schnelles und sicheres Kopfrechnen in jeder Lage, mein Junge, ist das Fundament unserer Zunft. Wenn du Preise aushandelst, musst du sofort wissen, ob sich der Handel lohnt oder ob er dir zum Schaden werden könnte. Jeder Fehler kann den Ruin bedeuten!", hörte Heinrich die Stimme seines alten Vaters. Auch wenn er über die jähe Bewegung seiner unheimlichen neuen Bekanntschaft gehörig erschrocken war, hatte sein Geist ganz selbstverständlich schon zu rechnen begonnen, so wie sein alter Herr es ihn gelehrt hatte.

Heinrich brauchte eine Weile, bis er sich an das ausgemergelte Antlitz des Mönchs mit scharf geschnittener Hakennase und stechenden Augen gewöhnt hatte.

„19607!", stieß Heinrich endlich hervor. Es war schwer genug, 7 × 7 × 7 × 7 × 7 ohne Hilfe zu rechnen, doch dann durfte nicht vergessen werden, dass dies erst die Anzahl der Taler war. Auch die Anzahl der Karren, Kisten, Körbe und Säcke galt es hinzuzufügen.

Der Mund des Schreibers verzog sich zu einem breiten Grinsen: „Meister Pfeffersack. Nun, darin scheint der Narr wohl recht gehabt zu haben."

Unterdessen kam ein Novize zur Tür herein. Es war ein auffallend schöner, hochgewachsener Mann in Heinrichs Alter, der ganz und gar nicht wirkte wie jemand, der sich sein Leben lang dem Dienst an Gott verschreiben will. Schweigend trat er an ein Pult und begann mit einem feinen Messer seine Feder zu spitzen.

Dem Mönch mit der kantigen Nase schien es nicht recht zu gefallen, dass der Neuankömmling Heinrichs Aufmerksamkeit geweckt hatte. Er räusperte sich vernehmlich und sprach in fast tadelndem Ton: „Wir erhielten die letzten Tage Nachrichten aus Venetien. Es habe wohl die Erde gebebt und etlichen Schaden an Mensch, Tier und Bauwerken verursacht. Gott hat die Stadt bestraft, weil in ihr immer noch Ketzer existieren – Menschen, die an der Autorität des Heiligen Vaters in Avignon zweifeln. Ich hörte, du willst dorthin?"

„Ja, Bruder Skriptor ...", antwortete Heinrich etwas unsicher. War das eine Prüfung seines Glaubens? Wollte der gestrenge Kerl ihm eine Falle stellen?

„Nun, ich kann dir nur raten zu warten. Bescheide dich mit Bußübungen und investiere dein Geld in Messen. Das frommt weit mehr als jedes überstürzte Geschäft. Der Handel mit Gott ist allemal der bessere. Ohnehin scheint der ganze Orientverkehr zum Erliegen gekommen zu sein. Die Stadt hält Prozessionen ab und verharrt im Gebet. Du solltest es ihr gleichtun."

Heinrich war bestürzt. So etwas hatte es noch nie gegeben – hatten Vaters Vorahnungen doch etwas zu bedeuten? Aber umso mehr sollte er nach der Lagunenstadt, zu retten, was noch zu retten war. Er musste die Dinge vor Ort regeln! Sofort! Wie stand es um das Lager des Vaters im Fondaco? Gab es Plünderungen ...?

In diesem Augenblick sank ihm das Herz in die Hose, als er hinter sich ein vertraut-schauriges Schellenrascheln hörte. „Bruder Skriptor, ach, Ihr habt unserem jungen Freund hier von den schlimmen Neuigkeiten berichtet? Ich bin ganz zerknirscht, Meister Heinrich. Schließlich brauchen wir Eure ungeteilte Aufmerksamkeit, nicht wahr? Euer Leben, Euer Lieben, Eure Geschäfte – nichts ist umsonst. Ihr erinnert Euch?"

Der Narr legte ihm vertraulich die Hand auf die Schulter, doch es war zugleich etwas unangenehm Festes, Besitzergreifendes in der Geste.

Ein Frösteln durchlief ihn. Auch der Mönch reckte angewidert den Kopf in die Höhe, nahm sich aber sogleich wieder zurück. War da Furcht zu erkennen?

„Andris!“ Das Kratzen der Feder, das man bislang von dem Novizen weiter hinten gehört hatte, verstummte augenblicklich. „Kommt rasch herüber! Wir wollen diesem Meister in der Rechenkunst ein wenig beim Rätseln zusehen ...“

Ein kurzer Windstoß fuhr in das Fenster und rüttelte daran.

Der Narr fuhr fort: „Nun denn, weiter geht es, zeigt, was Ihr könnt! Wir sind ganz neugierig, werter Meister Heinrich:

Wenn 4 die Hälfte von 9 ist und 6 die Hälfte von 11, was ist dann die Hälfte von 13?“

2

7

8

Orte und Namen waren auf der kleinen Scherbe eingeritzt. Es war ein wirres Gekritzel ohne rechte Ordnung. Aber dann verstand er: **Der fischige Christus weist dir den Weg** ... Ein frühes Symbol für Christus war der Fisch. Und genau einen solchen verbarg der kleine Plan in seiner Hand. All die großgeschriebenen Wörter enthielten ein O. Verband man diese Lettern wie Punkte, war das Fischsymbol rasch gezeichnet. Und es kreuzte sich im Dom.

Mächtig ragte die dunkle Steinmasse der gedrungenen Doppelturmfassade hinter der Richtstatt auf. Immer noch brannten die Fackeln um den schaurigen Ort. Die Leute zerstreuten sich allmählich und die letzten Händler verließen den Platz. Immer wieder peitschten heftige Böen zwischen die vermummten Nachzügler.

Ein einfaches Portal zwischen den Türmen wies ihm den Weg ins Innere. Heinrich öffnete mit frostigen Händen das Tor und warf einen scheuen Blick auf das derbe Weltgericht im Tympanon. Ein wenig Schnee wehte hinter ihm in die Vorhalle und das Heulen des Windes wurde ganz allmählich abgelöst von Mönchsgesängen aus dem Inneren des Kirchenraums. Es war, als ob wohltuende Ordnung über das Chaos siegte.

Vor ihm tat sich eine spärlich beleuchtete, dreischiffige Basilika mit einem Kreuzrippengewölbe auf. Alles war von kräftiger Bauart. Unter einer Vierungskuppel vor dem Chor weitete sich der Raum über ein Querschiff in dunkle Tiefen. Heinrich fühlte sich eingeschüchtert von der erhabenen Schlichtheit der Formen, von den groben Zügen der Figuren, die hie und da an den Wänden und in den Altarnischen zu erkennen waren. Unzählige Kerzen flackerten in den Kapellen der Seitenschiffe und tauchten alles in ein Spiel von Licht und Schatten. Vorne, im erhöhten Chor, saßen Mönche beim Gebet.

Plötzlich fuhr Heinrich herum. Unmittelbar hinter sich erkannte er die leise Stimme: „*Credo in unum deum* ...“ – der Narr hatte demütig die Augen geschlossen und die Hände zum Gebet gefaltet. Dann blickte er glucksend zu Heinrich auf und verzog sein Gesicht zu einer verächtlichen Grimasse. Im Schein der Kerzen trat die wulstige Furche, die über sein Gesicht lief, rot und fleischig hervor – es sah aus, als begänne sie jeden Moment zu bluten. „Euch ekelt vor meinem Gesicht, nicht wahr?“, begann Lapo und erhob sich, sodass Heinrich es bedrohlich nah vor Augen hatte: „In zwei Teile gerissen. Ganz so wie mein Leben. Ratsch!“ Er fuhr mit der Handkante einmal scharf durch die Luft. „Mitten entzwei.“

Lapo führte Heinrich nun in eine kleine Kapelle rechts hinter der ersten Säule des Langschiffes. Eine Zelle mit einer kleinen Apsis, und ihr gegenüber, an der hinteren Wand, fahl vor sich hin glimmende Wachslichter am Fuße einer Heiligenstatue. Eine hohle, runde Fensteröffnung darüber war notdürftig mit Brettern verschlagen. Auf einem Arbeitstisch lagen die bunten Scheiben eines Bildes zur Verglasung bereit. Als die beiden näher herantraten, zog der Narr mit einem schnellen Griff den einen Bock des Tisches zur Seite, sodass Platte und Glas polternd und klirrend zu Boden fielen: ein Geräusch, das schrecklich in den labyrinthischen Tiefen des Bauwerks widerhallte. Bleich vor Furcht starrte Heinrich auf die Scherben vor seinen Füßen.

„Wollt Ihr wissen, wem ich hier betrüblicherweise den Garaus gemacht habe?“, fragte Lapo spöttisch. „Nun, wir müssen weiter, es soll Euer nächstes Rätsel sein.“

Wie heißt das Lösungswort?

U DIE GANS

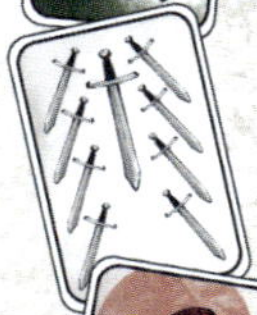

A TEIP

ZU FIK RIX

Der Fettwanst schien es ernst zu meinen: Losung gegen warmes Lager. Die einzige Hilfe schienen dem todmüden Kaufmannssohn die Wappen zu bieten: Straubing, Nürnberg, Bad Reichenhall, Benediktbeuern, Regensburg – Heinrich hatte keine Mühe, die Wahrzeichen ihren Städten zuzuordnen. Doch was war damit gewonnen? Ach, wer war er überhaupt, dass er sich von einem Torwächter zum Narren halten ließ? Trotz und hilflose Wut stiegen in ihm hoch. Dann würde er eben doch hier draußen einen Unterschlupf suchen. Nach dem wochenlangen Ritt waren Jago und er immerhin einiges gewöhnt.

Aber dann, plötzlich, kam ihm eine Idee: Von der ersten Stadt den ersten Buchstaben, von der zweiten den zweiten – so hatte er rasch die Lösung vor sich ...

„Süden!", rief Heinrich. Der Wächter räusperte sich überraschend verlegen und sah sich nach hinten um, wo er offenbar Bestätigung suchte. So schnell hatte er wohl nicht mit der Antwort gerechnet. Prompt drehte sich der Schlüssel im Schloss, die Tür ging auf und mit einem anerkennenden Grunzen ließ der Mann ihn eintreten. „Zur güldenen Sau", sagte er und wies mit der Hand Richtung der ersten Häuser, die inzwischen fast gänzlich in Dunkelheit getaucht waren. „Gleich da vorne, ich rate Euch, nehmt dort Quartier, es gibt auch einen Stall für Euer Pferd." Heinrich war ungemein erleichtert. Er bedankte sich höflichst und führte Jago durch die Toreinfahrt. Als er neben dem müden Tier in die ihnen gewiesene Gasse bog, war ihm, als läge das leise Klirren von Schellen in der Luft.

Die schwierigste Etappe war also geschafft! Die höchsten Gipfel der Alpen lagen hinter ihm. Er griff kurz nach dem Tuch, das Agnes ihm zum Abschied noch rasch in die Hand gedrückt hatte. Es war ja alles so schnell gegangen.

Schon als junger Mann war Heinrichs Vater mit dem Handel von Leinen zu einigem Wohlstand gekommen. Seit ein paar Jahren aber hatte er über Mittelsmänner in Venedig auch Zugang zu seltenen und besonders kostbaren Tuchen aus Fernost. In Kaffa, am Schwarzen Meer, wurden die Waren umgeschlagen. Dort besaß er ein Kontor, und ein beeindruckendes Netzwerk aus Handelspartnern und Boten machte es ihm möglich, bequem von seiner Heimatstadt aus die Geschäfte zu führen.

Nun aber war es so gewesen, dass die letzte erwartete Lieferung aus Venedig schon einige Monate säumig war. Heinrich hatte seinem sonst so bedachten Vater die Unruhe darüber deutlich angemerkt. Gemeinsam waren sie übereingekommen, dass er sich spätestens Anfang März, wenn die Tage wieder etwas länger wären, auf den Weg nach Süden machen würde, um sich persönlich nach dem Verbleib der Ware zu erkundigen.

Dass er so viel früher und übereilt aufgebrochen war, lag an diesem Traum, der seinen Vater wenige Tage vor Heinrichs Abreise so in Schrecken versetzt hatte.

Er erinnerte sich noch gut an jenen Morgen. Aufrecht und mit weit aufgerissenen Augen war der Alte in der Bettstatt gesessen und hatte Heinrich von den Bildern erzählt, die ihn im Schlaf heimgesucht hatten:

„Schlimmes wird mir widerfahren, mein Sohn. Ich träumte etwas, das mich ängstigte, ohne dass ich es wirklich benennen könnte. Es war nicht offenkundig grausam und hüllte mich doch in einen dunklen Mantel der schlimmsten Furcht. Vier Farben sah ich: Weiß, Rot, Schwarz und zuletzt die schrecklichste: eine fahle, aus der alles Licht gewichen schien. Schemenhafte Wesen zogen vorbei. Schatten und

Staub. Und ein Schnauben war da, ein Galoppieren – wie von einer wilden Jagd. Am Horizont aber, gespiegelt im gleißenden Licht, da stand ein Wort geschrieben in blutroten Lettern – ich wage nicht, es zu nennen …“ Sein Gesicht war bleich und er zitterte. „Ich bitte dich, Heinrich, packe dein Bündel und mache dich auf den Weg. Wir können nicht warten, bis der Schnee in den Bergen zu schmelzen beginnt.“

Welches Wort sah der Vater geschrieben in seinem Traum?

Gnutfigrev

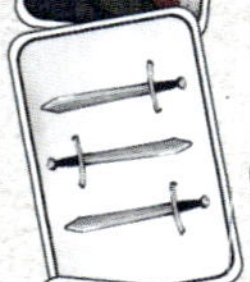

Gnudmuelrev

Gnagretnutlew

„Ora pro nobis peccatoribus ...“ Heinrich kam es vor, als sprächen sie schneller als gewöhnlich. Wo es doch hier um nichts weniger ging als um das Leben eines Menschen. Fiebrig verfolgte er in seinem Kopf den Lauf eines jeden Knotens, jede Windung – Spanne um Spanne. Wenige Augenblicke bevor das Gebet verstummte, hatte er alle drei Varianten zweimal durchgespielt, und obwohl er sich sicher war, rief er bange: „Jener in der Mitte ist es!“

Das Experiment gab ihm recht, und der Narr stieß den Geretteten mit einem Fußtritt in die Menge, wo er schnell verschwand. Einige Zuschauer begleiteten ihn mit Händeklatschen, andere verliehen lautstark ihrem Unmut Ausdruck. Das hätte es ja noch nie gegeben und wo käme man da hin! Und so dauerte es nicht lange, bis die Richtstätte Schauplatz von heftigstem Zank war. Heinrich nutzte die Gelegenheit, um ebenfalls ungesehen zu entkommen.

Er hätte erleichtert sein können, einen Menschen gerettet zu haben, doch stattdessen legte sich der Schatten, der über dieser verfluchten Stadt lag, wie eisiger Nebel auf sein überreiztes Gemüt.

In der Zwischenzeit war es gänzlich dunkel geworden. Die Marktstände wurden abgebaut, Ballen und Kisten wieder auf Karren verladen. Hinter dem Vieh und den krummen Verschlägen bewegten sich die Kapuzen der Bauern im Schein der Fackeln auf und ab. Dampf von Mensch und Tier stieg als weiße Wölkchen in den frostigen Himmel. Eine weinende Frau wurde an ihm vorbeigeschubst. Ihr Haar war abgeschnitten worden und sie trug einen Schandzettel um den Hals.

Endlich entdeckte er die Gasse, die ihn zurück in die Herberge führen würde. An der Ecke saß ein Bettler. Dick in Lumpen gehüllt, kauerte er dort und blickte mitleidheischend unter seiner Gugel zu Heinrich hoch. Eine krumme hölzerne Krücke lehnte hinter ihm an der Wand. Ihm fehlte ein Bein. „Eine kleine Gabe für die Armen, junger Herr!“

Heinrich war es gewohnt zu geben, der Vater hatte ihn so erzogen. Unser Reichtum verpflichte uns zur Spende, nicht nur für die Pfaffen, auch für die Bedürftigen, es sei gute Christenpflicht. Er warf einen Kreuzer in den Becher.

„Vergelt‘s Gott!“ Der Mann zog eine Schieferscherbe aus seinem verschlissenen Rupfen und streckte sie seinem Spender entgegen. Verblüfft und etwas zögernd nahm Heinrich die kleine Steinplatte entgegen.

Der fischige Christus weist dir den Weg.
Im Schnittpunkt des Zeichens treffen wir uns.

Unter diesen beiden Sätzen befand sich ein ungelenk gezeichnet und flüchtig beschrifteter Plan des großen Platzes mit den anliegenden Gassen und Gebäuden.

Zu welchem Gebäude soll der Plan Heinrich den Weg weisen?

Zum Dom

In die Pfarrkirche

Auf die Stadtwache

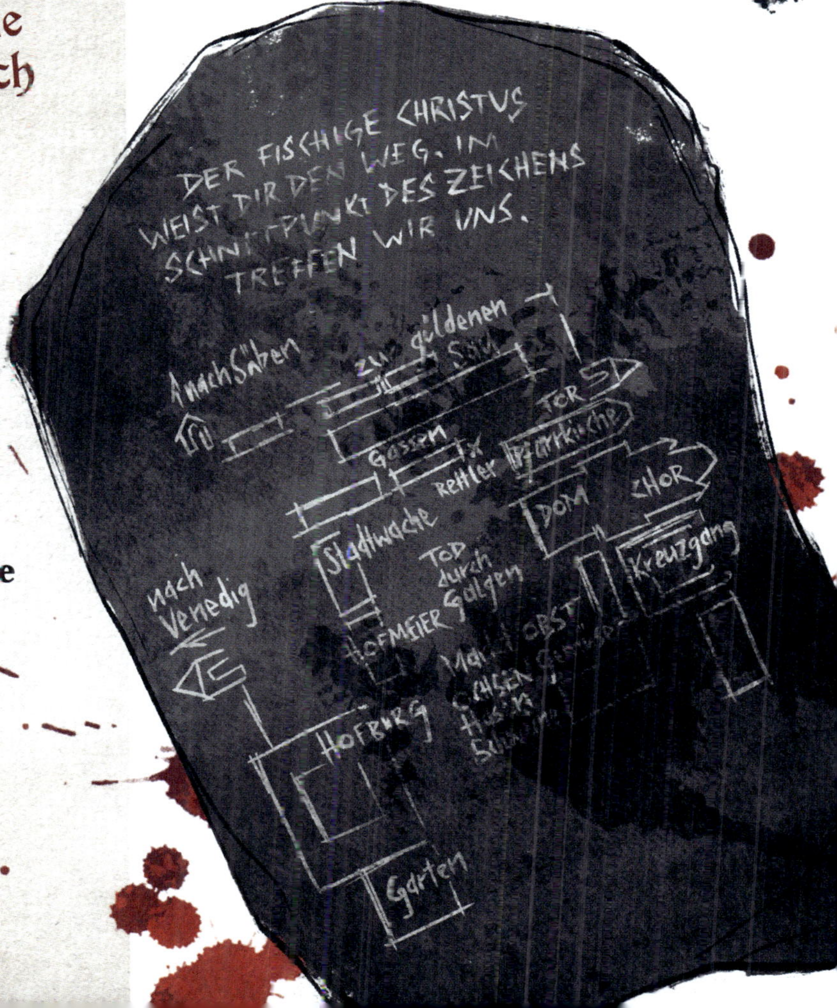

Schaurig war es zugegangen in Vaters Traum. Heinrich konnte sich vorstellen, wie sehr der Alte sich erschrocken haben musste, die blutige Botschaft vom Untergang der Welt verkehrt herum in den Himmel geschrieben zu sehen. Denn ihm war sofort klar, dass der Vater nichts weniger als die apokalyptischen Reiter in den vier galoppierenden Wesen erkannt hatte, die finsteren Boten des Jüngsten Gerichts.

Auch Heinrich kannte die düsteren Abbildungen dieser biblischen Szenerie, und ja: Sie konnten einen sehr wohl ängstigen. Aber so gottesfürchtig wie der Vater war er längst nicht. Dass einem nach einem üppigen Nachtmahl, wie sie es am Vorabend eingenommen hatten – Würste, Kraut und Geselchtes, dazu reichlich Bier –, der eine oder andere Alb heimsuchte: War das so ungewöhnlich? Musste man es gleich als persönliche Botschaft des Himmlischen Vaters deuten? Doch es wäre ein aussichtsloses Unterfangen gewesen, mit dem alten Kaufmann einen Disput darüber zu beginnen. Es war die Apokalypse, die nahte, Punktum! Nie hätte er gewagt zu widersprechen.

„Jesses Maria, noch einer ...", rief die stämmige Wirtin, als er das Gasthaus Zur güldenen Sau betrat. „Wie soll ich die Herren bewirten, wo Schweine so schwer zu kriegen und die Hühner so teuer sind!" Lautstark jammernd marschierte sie in die Küche, um ihm kurz darauf doch ein herrliches Stück gesottenes Fleisch mit Grütze auf den Tisch zu stellen. Heinrich seufzte behaglich. Wie gut, für heute nichts anderes mehr tun zu müssen, als sich den Magen aufzufüllen und dem Treiben in der bis auf den letzten Platz gefüllten Schänke zuzusehen.

Ein bunt gewandeter Kerl, dem eine geschwulstartige Narbe mitten durchs Gesicht ging, trieb seine Späße mit den Gästen. Die Abneigung, die seine Entstellung bei den Zuschauern auslöste, schien er durch übertriebene Lustigkeiten wettmachen zu wollen. Wie ein Schlangentier schlüpfte er geschmeidig zwischen den Gästen hin und her, und tatsächlich, wo immer er auftauchte, lachte man. Wandte er aber einem Tisch den Rücken zu, zeigte man sogleich mit dem Finger auf ihn. Ihn selbst schien der Spaßmacher zu übersehen. Es war ihm mehr als recht, er hätte keinen guten Gesellschafter mehr abgegeben.

Um das Feuer kümmerte sich ein etwa zwölfjähriger Knabe mit verschlagenem Gesicht. Flavio nannte ihn die Wirtin, ein Italiener wohl. Sein Gewand war voller Flicken, und er trug einen Schürhaken bei sich, den er nie aus der Hand legte. Auch nicht, als er an den großen Ecktisch trat, an dem einige Würfelspieler gerade mit gebanntem Blick den flinken Handbewegungen des Närrischen folgten. Eine Art Kartentrickserei war im Gange. Flavio nutzte den Moment, griff flink in den Beutel des ersten Würflers und stibitzte einige Münzen. Kurz überlegte Heinrich, ob er aufstehen und eingreifen sollte, doch im selben Moment setzte am Nebentisch lautstarker Gesang ein, ein weinseliges Gegröle vielmehr, in das bald die halbe Wirtsstube mit einfiel. Auf schöne Weiber sich verlassen, ist wie den Wind mit Händen fassen, sang man, auch ein Spielmann war aufgesprungen und fiedelte emsig den Takt dazu.

Heinrich wurde langsam unbehaglich zumute. Je hitziger die Stimmung, desto mehr sehnte er sich nach Ruhe. Er war erleichtert, als das Feuer heruntergebrannt war und die Wirtin diejenigen, die im Haus nächtigen wollten, über eine knarzende Treppe nach oben führte. Auch die Würfler waren dabei. „Zieht mir die Hosen aus und wärmt mein Bett vor, Wirtin", bettelte einer von ihnen, „mir ist nicht wohl." Sein Kumpan kicherte: „Auch mein Leid könnt Ihr rasch lindern: mit einem Kuss!" „Wer derlei Reden führt, ist nicht krank", versetzte die Hausherrin und wies den Kerlen ihr Lager.

Für Heinrich war noch eine Bettstatt in einer winzigen Kammer frei, in der er alleine nächtigen konnte. Er legte das Bündel ab und löste seine Schuhe. Ehe die Wirtin mit der Lampe nach unten verschwand, bemerkte er gerade noch, wie jemand unter dem schwach beleuchteten Türschlitz ein Stück Pergament durchschob. Wer überbrachte ihm hier Briefe? Widerstrebend erhob er sich, um nachzusehen, doch als er die Tür öffnete: niemand. Es blieb finster.

Mit Müh und Not entzifferte er im Schein des dünnen Kienspans, den die gute Wirtin ihm zum Zubettgehen in die Wandhalterung gesteckt hatte, was da in krakeliger Schrift geschrieben stand:

Möge das Spiel beginnen: Wende das Blatt und lies, wenn du zu lesen vermagst! Wer bin ich? Halte die Augen offen – ich weiß etwas, was du nicht weißt ...

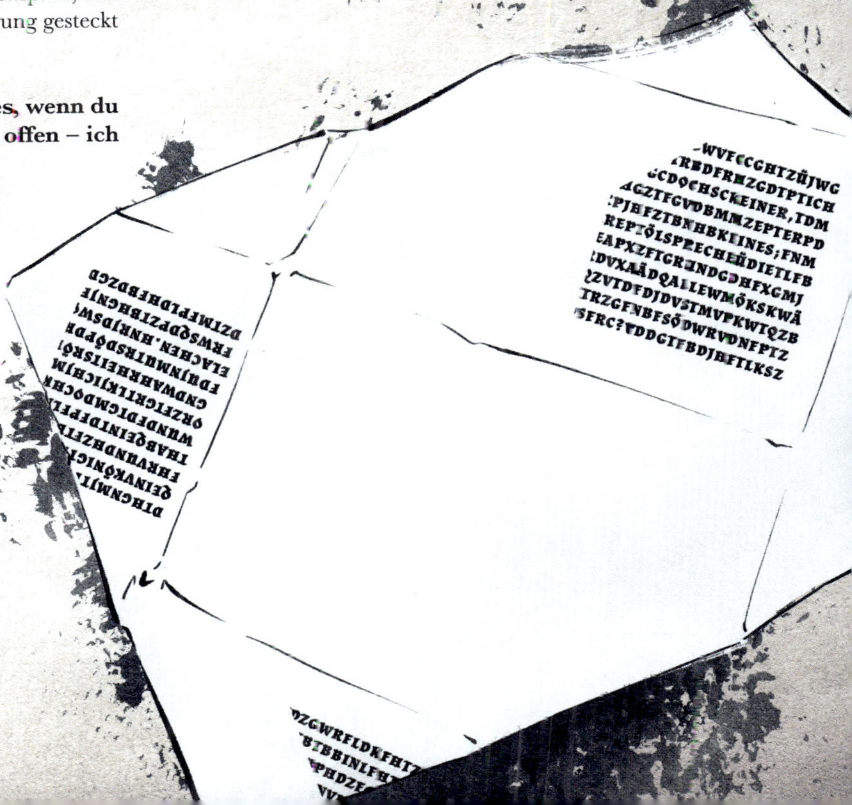

Was verbirgt sich hier

Eine Person

Ein Gegenstand

Ein Tier

XIA – das hatte Heinrich sogleich auf Brixen gebracht. War es doch erst gestern gewesen, dass er den lateinischen Namen der Stadt gelesen hatte, gemeißelt in die Steine des großen – ihm verschlossenen – Tores. Und ja, er wusste, dass er sich leider noch längst nicht in Venedig, sondern immer noch in Tirol aufhielt. Hier stand er jetzt, vor dem Domizil des Bischofs, dessen Namen und Familienwappen er vorhin noch studiert hatte – hinten an der Ecke des Platzes, wo der Anschlag hing, man würde den heutigen Tag richten: MATTHÄUS ANDERGASSEN, BRIXIA TYROLIS lautete also die Lösung.

Allzu schwer war das nicht gewesen. Vielmehr beschäftigte ihn, dass dieser Lapo von Kaffa gesprochen hatte. Wieso ausgerechnet Kaffa? Das Ziel seines eigenen Auftrags. Und nun stand er hier auf einem Marktplatz in diesem Brixen und musste doch endlich herausfinden, was vorgefallen war, dass sein Vater so lange ohne Nachricht blieb! Nur, ein Narr aus dem Alpenland würde ihm da kaum weiterhelfen können ...

„Worüber sinniert Ihr?", fragte Lapo. Plötzlich schien der Rätselhafte voller ehrlicher Anteilnahme. „Ach, es ist nichts", seufzte Heinrich. „Ich war nur in Gedanken bei meinem Vater. Er ist Kaufmann ..."

„Kaufmann?! Wie überaus interessant! Erzählt mehr ..."

„Seide, Damast, Schamlott", begann Heinrich nicht ohne Stolz aufzuzählen, „die feinsten Stoffe aus den entlegensten Ländern dieser Welt lässt mein Vater bis in meine Heimatstadt Nürnberg bringen. Er ist ein angesehener Mann dort, und ich möchte sagen, er hat es zu einigem Reichtum gebracht." „Reichtum!", wiederholte Lapo, „Geld, Gold, Edelgestein, was für Herrlichkeiten, nicht wahr?!" Er lächelte selig. Dann aber zog er plötzlich einen Stab, an dessen Spitze ein kleiner Narrenkopf prangte, aus seinem Gürtel hervor. Auf einmal zornig, stieß er ihn in die Höhe: „Fahrt schon fort! Das kann nicht das Ende der Geschichte sein ..."

„Nun ja", sagte Heinrich, „in der Tat ist er derzeit in großer Sorge. Von seinem Mittelsmann erreicht ihn keine Nachricht mehr. Stofflieferungen von großem Wert stehen aus und damit sein Gewinn, wenn Ihr versteht?"

„Der Herr Vater sorgt sich um seinen Gewinn?! Oh, das gefällt mir: Soll er sich nur sorgen – er wird seinen Lohn schon erhalten, sein Kamelhaar, sein Seidengewand!" Die Stimme des Narren überdrehte, und schon machte er eine scharfe Wendung auf Heinrich zu und schrie ihm direkt ins Gesicht: „Aber ob es ihm nützen wird?! Will er dem Tod in feines Tuch gehüllt begegnen? Will er mit Dukaten zurückfeuern, wenn das Sterben von oben kommt, wenn es durch die Luft fliegt? Denn manchmal schießen sie es über Mauern, das grausige Sterben – wusstet Ihr das nicht?"

Heinrich verstand kein Wort. Er fand es ärgerlich, hier seine Zeit zu vergeuden. Doch es gab auch etwas an diesem zwiespältigen Menschen, das ihn sehr anzog. Gerade so, als hätten sich unsichtbare Ketten um seinen Geist gelegt. Und vermutlich hatte der Arme Schlimmes durchgemacht. Ob er vom Krieg sprach? Von diesen neuartigen Feuerwaffen aus Salpeter und Schwefel?

Heinrich hielt es für die beste Idee, erst einmal das Thema zu wechseln: „Wollten wir nicht in den Palast?"

„Gewiss, gewiss", sagte sein Begleiter und schien schon wieder guter Dinge. „Folgt mir!"
Er machte einen Diener vor den Wachen, die sich frierend die Hände

rieben und dabei dem Narren eher auszuweichen schienen, als ihn an irgendetwas zu hindern.

Durch eine tunnelartige Durchfahrt gelangten sie schließlich in einen großen Hof und erblickten vor sich den prachtvollen Palast. Lapo rannte voraus, um Heinrich mit einer tiefen Verbeugung die Tür aufzuhalten, durch die gerade ein Bediensteter nach draußen gehuscht war. Sie betraten eine Säulenhalle, die nicht viel mehr enthielt als drei weitere Eingangstüren. Sie wirkten identisch bis auf die runden Maßwerkornamente, die über ihnen in die Mauer gearbeitet waren.

„Entscheidet Ihr, wohin es geht“, riss Lapo Heinrich aus seiner Betrachtung, langte mit dramatischem Schwung in sein Gewand und zauberte einige seltsam geschwungene Holzplättchen daraus hervor, die er nun vor ihnen auf dem Boden auslegte.

Welche Tür ist die richtige?

Trotz seiner Mattigkeit konnte sich Heinrich eines aufkeimenden leichten Unwohlseins nicht erwehren. Wer hatte diese Nachricht gekritzelt? Wer wusste, dass er hier nächtigen würde? Galt die Botschaft überhaupt ihm? Ein Spaß von einem der Würfler? Nein, von diesen drei Burschen war sicher keiner des Schreibens mächtig. Ach was, einerlei!

Achselzuckend wendete er den Bogen und sah, dass schräg über die Rückseite drei unvollständige Schriftsätze verteilt waren. Die galt es wohl zunächst einmal zusammenzufügen. Er kniff angestrengt die Augen zusammen. Ihm fiel auf, dass vom Mittelpunkt des Bogens ein Schlitz geschnitten war, etwa so lang wie der Daumen eines Kindes. Sollte er einen Brief falten? So jedenfalls ging man vor, wenn man den Inhalt eines Schreibens verbergen und es dann versiegeln wollte. Damit sich das Faltwerk nicht lösen konnte, fixierte man die letzte überstehende Ecke in dem Schlitz. Auf diese Weise würde er es versuchen! Und tatsächlich: Als er den Bogen im schummrigen Licht recht betrachtete, waren da auch Falzlinien zu erkennen.

Neugierig geworden, nahm er den Leuchtspan zwischen die Zähne, setzte sich auf den mit Haferstroh und Wollresten gefüllten Leinensack, der im als Nachtlager dienen würde, und bog die rechte obere Ecke über dem größten Textstück nach hinten. Desgleichen mit der rechten unteren Ecke. Entlang der längsten Linie auf dem Bogen faltete er den linken Teil des Bogens mitsamt der beiden kleineren Textstücke nach hinten. Dann drehte er das Blatt, wendete die obere Ecke nach unten, und siehe da – schon fügten sich zwei der Schriftflächen aneinander. Er schlug den letzten Zipfel des Bogens nach rechts und schob ihn in den Schlitz: Sein Werk war fertig. Doch was für eine närrische, verkehrte Welt – der Inhalt des Briefes war nun nicht innen, sondern außen.

Doch als er endlich beginnen wollte, die Nachricht zu lesen, schüttelte er enttäuscht den Kopf: Nichts als Unsinn! Kein klares Wort war da zu erkennen. Oder doch? *König* stand da geschrieben mitten im dichten Wald wirr vermengter Lettern. Und hier *Zepter* und die *Wahrheit* dort ... Obwohl es ihn beinahe zur Verzweiflung brachte, gab er nicht auf, bis er die ganze Botschaft zusammengesetzt hatte.

Ein König bin ich und doch keiner; hab ein Zepter und doch keines; ich spreche die Wahrheit und alle lachen.

Und was sollte das nun?! Verärgert registrierte er, dass seine ohnedies schwache Lichtquelle nun endgültig den Geist aufgab. Ach, er würde sich ein andermal darüber Gedanken machen. Jetzt wollte er sich nur noch hinlegen. Morgen musste er weiterreisen und er brauchte die Kraft.

Doch sein Schlaf war unruhig und nach ein paar Stunden schreckte er auf: Ein Narr! In seinen wirren Träumen hatten sich die Szenen aus der Wirtsstube mit den Worten auf dem Pergament vermengt. Freilich: Nur ein Narr tritt auf wie ein König und darf es ungestraft. Er schwingt seinen Stab, der doch kein Zepter ist. Und wie ein Kind spricht er die Wahrheit, ohne dass die Leute es erkennen. Und ein solcher Narr war auch unter der gestrigen Gesellschaft gewesen.

Es war noch dunkel, als er aufstand und sich die Stiege nach unten tastete. Kalter Rauch lag in der Luft. Die Wirtsstube war leer und in großer Unordnung: die Bänke verschoben, Pfützen auf dem Boden, Scherben allenthalben. Eine Weile stand Heinrich unschlüssig da und betrachtete im dürftigen Schein eines Talglichts das verwüstete Stillleben.

Was sollte er tun? Entgegen seinen Plänen für einen Tag hier in der Stadt verweilen? Sogleich verwarf er den Gedanken wieder. Um einen Narren zu treffen?! Nein, das war unsinnig. Das Ziel war Venedig und sein Vater konnte nicht warten. Nun ja, vielleicht könnte man die Zeit nutzen, schon hier, am Fuße des Brenners, erste Kontakte zu knüpfen und einige Informationen einzuholen ...

Plötzlich zupfte ihn etwas am Wams. Er drehte sich um und sah Flavio, den Jungen mit dem Schürhaken. Mit großen Augen starrte er Heinrich an und bedeutete ihm zu folgen. Kein Wort kam über seine Lippen. War er stumm? Aber der behände Flavio ließ ihm keine Zeit für Fragen, schon war er zur Tür hinausgeschlüpft. Wollte er wissen, was der Junge ihm zu sagen hatte, musste er hinterher.

Inzwischen dämmerte es, und die Flocken, die in der Nacht gefallen waren, bedeckten als feiner Flaum den Morast des Vortags. Flavios Spur war deutlich darin zu sehen. Heinrich heftete sich ihm an die Fersen, aber bald wurde die Verfolgung schwierig. Es ging Richtung Marktplatz, doch die Fuhrwerke der Bauern füllten bereits die Gassen. Als sich schließlich der große, geschäftige Platz vor ihm auftat, war der Junge verschwunden. Einmal noch meinte er, seinen Schopf kurz zwischen Fässern und Körben mit Federvieh auftauchen zu sehen, aber sicher war er nicht.

Auf einmal erkannte Heinrich etwas sehr Buntes, das sich von der Menge abhob und schneller bewegte als alles andere. Auch hörte er wieder dieses leise Schellenklirren, und jetzt sah er, wo es herrührte: von einer Kappe mit zwei langen Eselsohren! Der gestrige Abend, das Rätsel ... Flavio hatte ihn wohl zu dem Narren führen sollen.

Es war gar nicht so einfach, dem springenden Gecken näher zu kommen, der immer wieder in der Menge verschwand.

Dort! Umringt von einer kleinen Menschentraube, rasselte er in wirbelndem Tanz mit seinen Schellen an Ärmeln und Ohren. „Nun, ihr braven Leut, wie viele Glöckchen sind es, die mich zieren?!“ Er vollführte ein paar beflügelte Drehungen, als wolle er beweisen, dass er immer schneller sein würde als jedes zählende Augenpaar. „Zwei Dutzend“, rief einer, und gerade noch tat der Narr so, als müsse er sich den Bauch halten vor Lachen, als er plötzlich innehielt. Er hatte Heinrich entdeckt, verharrte für einige Augenblicke reglos in seiner Position und musterte ihn von oben bis unten. Er lächelte. Dann sprang er ruckartig auf und herrschte die Menge an: „Verschwindet! Unser Ratespiel ist vorbei, was steht ihr noch herum?“ Dem verblüfften Heinrich aber wandte er sich mit einer eleganten Wendung zu und schmeichelte: „Von Euch möchte ich die Antwort hören. Ihr könnt gut rechnen, nicht wahr?“ Dem so Angesprochenen fuhr ein Schauer über den Rücken. Was wusste der Kerl von ihm? Was hatte er vor? Der Narr fuhr fort: „Stellt Euch einen Bogen Pergament vor, faltet ihn fünfmal und schneidet dann alle vier Ecken des entstandenen Rechtecks ab. Nun öffnet den Bogen und sagt mir: Wie viele Löcher sind zu sehen? Dies ist die Zahl meiner Schellen ... Nun?“

Wie viele Schellen befinden sich am Gewand des Narren?

dem Leben davonkam, hatte vielleicht trotzdem bereits Freunde oder Angehörige an die Seuche verloren. So auch Lapo.

Kaffa ist ein bekannter Ort des Sklavenhandels – ein unfreies Mädchen aus Armenien haben wir Lapos große Liebe sein lassen. Sie verloren zu haben, hat ihn dazu gebracht, sich dem Satan zu verschreiben. Die Pest war stärker als sein Christenglaube. Und vor allem: Auf dem Weg nach Venedig war sie mit an Bord.

! Achtung, Spoiler: Drehe das Buch erst um, wenn es soweit ist.

Nachwort

Die Pest erreichte in diesem Jahr tatsächlich Südtirol und drang über die Alpen weiter nach Norden vor.

Für Brixen selbst liegen keine Angaben vor. Belegt ist allerdings, dass von den Bewohnern des Wipptals den Durchzug der Pest nur der dritte Teil überlebt hat. Goswin von Marienberg bei Burgeis berichtet in seiner Chronik, dem „Registrum“, dass nur er selbst, sein Abt, ein Priester und ein Laienbruder noch lebten. Alle anderen Klosterbewohner waren im Spätsommer 1348 dahingerafft worden.

In den heißen Monaten greift die grausige Krankheit über den Reschen- und Brennerpass auch nach Bayern hinein. Im heutigen Deutschland ist nachweislich Mühldorf am Inn die Stadt, in der die ersten Pestopfer sterben. Hierhin gelangte sie über die Donau, die ein wichtiger Handelsweg war. Wenig später folgen München und Augsburg.

Heinrichs Heimatstadt Nürnberg bleibt noch für einige Jahre verschont. Dort wird die Seuche erst ab dem Jahr 1359 wüten. Die Angst ist dennoch allgegenwärtig. Auch nicht unmittelbar betroffene Städte bekommen die Folgen der Pest zu spüren.

Aber welche Rolle spielt KAFFA?

Kaffa ist zur Zeit unserer Geschichte ein wichtiger Stapelplatz der italienischen Seemächte am Schwarzen Meer. Allerdings liegt die Stadt in den Jahren, in denen der Venezianer Lapo dort seine Geschäfte führt, unter mongolischer Belagerung.

Die Mongolen, damals Tartaren genannt, haben vor den Stadtmauern ihre Zelte aufgeschlagen und versuchen, die Bewohner im Inneren zu zermürben. Doch irgendwann gehen Gerüchte um, in ihrem Lager breite sich eine entsetzliche Krankheit aus.

Der Chronist Gabriele de Mussis, ein Notar aus Piacenza, beschreibt diesen Wendepunkt des Geschehens so:

Zu diesem Zeitpunkt befiel die Seuche die Tartaren. Ihr ganzes Heer geriet in Panik und täglich starben Tausende. Den Eingeschlossenen erschien es, als ob Rachepfeile vom Himmel flögen, um den Übermut der Feinde zu zügeln. Diese zeigten nämlich nach kurzer Zeit charakteristische Symptome an ihren Körpern, nämlich verklumpte Körpersäfte an den Gelenken und Leisten. Folgte dann das Fäulnisfieber, starben sie, denn die Ärzte konnten ihnen weder Rat noch Hilfe bieten.

Die Hoffnung, durch die Schwächung der Mongolen von weiterer Bedrängnis verschont zu bleiben, währt nur kurz. Den von der Pest Heimgesuchten wird zwar schnell klar, dass sie in ihrem Zustand keine Chance mehr haben, Kaffa zu erobern. Doch wenn das Schicksal sie derart hart trifft, soll der Feind nicht ungeschoren davonkommen: In ihrer Verzweiflung beschließen sie, die eigenen Toten mit Katapulten über die Stadtmauer zu schleudern.

Innerhalb kürzester Zeit greift die hochansteckende Krankheit auch in Kaffa um sich. Panik bricht aus, und jeder, der noch keine Symptome aufweist, versucht, sich auf eines der Schiffe zu retten, die ihn zurück in die Heimat Italien bringen können.

Von Lapo wissen wir bereits, dass es dabei zu heftigem Gerangel und auch tödlichen Kämpfen hatte kommen können. Es standen einfach nicht genug Schiffe auf einmal zur Verfügung. Und wer glücklich mit

Glossar

Aber die Blinden will ich auf dem Wege leiten ... » Heinrich memoriert eine Stelle aus dem Buch Jesaja (42:16).

Boethius » Während man die lateinischen Ziffern auf den griechischen Philosophen und Mathematiker Pythagoras zurückführte, galt der spätantike Gelehrte Boethius im Mittelalter als der Erfinder der sog. arabischen Ziffern. Diese verbreiteten sich ab dem 10. Jahrhundert von Katalonien aus über ganz Europa. Sie wurden offiziell von der Kirche eingeführt, setzten sich aber nur zögerlich in der mittelalterlichen Geschäftswelt durch. In Deutschland rechneten die Kaufleute bis zum 15. Jahrhundert vornehmlich „lateinisch".

Colpi d'Amor » Die „Pfeile des Amor" findet man im 3. Sonett des italienischen Dichters Francesco Petrarca an seine Geliebte Laura. Einige Hundert Gedichte sind in den Jahren zwischen 1327 und 1369 entstanden und unter dem Titel „Rerum Vulgarium Fragmenta" veröffentlicht worden. Petrarca besingt darin seine tiefe Verehrung für die Frau, der er ein einziges Mal, am Karfreitag 1327, in Avignon begegnet ist. Ohne jemals die Liebe des Dichters erwidert zu haben, wird Laura 1348 an der Pest sterben.

Demiurg » Der Begriff stammt aus dem Griechischen und bedeutet so viel wie „Erzeuger", „Hersteller". In theologischen und philosophischen Texten bezeichnet er die Kraft, die alles anstößt, den „Weltenschöpfer" oder „Schöpfergott."

Drudenfuß » Der Drudenfuß ist ein fünfgezackter Stern, der sich in einem Zug zeichnen lässt. Im Mittelalter galt er als Bannzeichen gegen das Böse. Man verwendete ihn, um Dämonen abzuwehren.

Dukat » Der Dukat ist eine im Mittelalter verbreitete Goldmünze, die erstmals 1284 in Venedig geprägt wurde.

Feuerwaffen » Im 14. Jahrhundert wird das Schwarzpulver entwickelt. Mit der richtigen Mischung aus Salpeter, Schwefel und Holzkohle kann fortan aus Entfernungen bis zu 300 Metern gekämpft werden. Das revolutioniert die Kriegsführung. Selbst Stahl durchschlagen die neuen Geschosse.

Fisch » Der Fisch ist ein Symbol des Urchristentums. In den ersten Jahrhunderten, als die Anhänger Jesu verfolgt wurden, diente es als geheimes Erkennungszeichen.

Fischblase » Dieses Ornament ist ein architektonisches Bauelement der Gotik. Das eine Ende ist kreisförmig gerundet, das andere läuft spitz zu. Zwei oder mehrere Fischblasen können sich punktsymmetrisch zu einem Kreis ergänzen.

Fondaco dei Tedeschi » Um 1200 wurde in Venedig der Fondaco dei Tedeschi („Deutsches Haus") eingerichtet. Er diente als Herberge und Warenlager für deutsche Kaufleute. Die Deutschen durften nur mit Einheimischen Handel treiben. Stets war ein von der Republik Venedig bestellter Zwischenhändler zugegen, der vermittelte und dolmetschte, aber auch kontrollierte, ob Steuern ordnungsgemäß abgeführt wurden.

Gotik » Heinrich lebt in einer Zeit des Umbruchs, auch was die Kunst anbelangt. Die Gotik löst die Romanik ab. In Frankreich beginnt man bereits an den großen Kathedralen zu bauen, aber auch im deutschen Reich werden nach und nach immer mehr Bauwerke in diesem neuen Stil errichtet.

Gugel » Die Gugel ist eine kapuzenartige Kopfbedeckung.

Kaffa » Die Stadt war im 14. Jahrhundert eine wichtige Handelskolonie der Genuesen am Schwarzen Meer. Der mongolische Khan hatte den italienischen Kaufleuten die Erlaubnis zur Niederlassung gegeben. Dafür zahlten sie auf ihre Gewinne Abgaben. Seide, Pelze, Gewürze, Smaragde und viele andere Waren aus Persien, Indien und China wurden hier umgeschlagen. Viele Kulturen und Sprachen trafen aufeinander, es herrschte ein kosmopolitischer Geist. Kaffa war zudem bekannt als zentraler Ort des Sklavenhandels.

Knecht bleibe Knecht und Herr bleibe Herr … » In Kapitel 15 legen wir Andris die Worte des Johannes von Tepl in den Mund, die dieser einige Jahrzehnte später in seinem berühmten „Der Ackermann und der Tod" niederschreiben wird. Das Werk ist nicht genau datiert, aber vermutlich etwa um das Jahr 1400 entstanden.

Marotte » Sie ist ein wichtiges Attribut des Narren: Ein hölzerner Stab, dessen Spitze ein buntes Köpflein ziert. Oftmals zeigt es das Gesicht des Narren en miniature. In unseren heutigen „Marotten" („närrische, seltsame Eigenheiten") lebt das Narrenzepter in abgewandelter Bedeutung weiter.

Maulaffen feilhalten » Maulaffen waren tönerne Köpfe, in deren aufgerissenes Maul man seinen brennenden Kienspan stecken konnte. Auf diese Weise hatte man eine kleine Lampe. Wer staunend, also mit offenem Mund dasteht, ähnelt dieser Arme-Leute-Beleuchtung und „hält Maulaffen feil".

Memento mori » Das Memento mori ist ein Ausdruck aus dem mittelalterlichen Mönchslatein. Man bezeichnet damit Bilder oder Sprüche, die einen an die eigene Sterblichkeit gemahnen: „Sei stets des Todes eingedenk", auch wenn du mitten im Leben stehst.

Mi raccomando! » Der italienische Ausdruck könnte mit „Ich darf doch bitten …" übersetzt werden. Er hat jedoch einen mahnenden, manchmal sogar drohenden Unterton.

Narr » Narren hatten eine wichtige Funktion in der höfischen Gesellschaft. Sie waren keineswegs angestellte Komödianten, sondern ein personifiziertes Memento, dass sich alles jederzeit umkehren kann. Oftmals fanden die Obrigkeiten ihre Narren durch Zufall. Entweder hatten sie einen körperlichen Makel oder waren geistig verwirrt – man sprach dann von „natürlichen Narren" – oder sie waren einfach durch eine persönliche Absonderlichkeit aufgefallen. Oft sah man im Narren einen untergründigen Philosophen: Das Leben narrt jeden Menschen, er aber erkennt die Absurdität des Daseins an. Schon im Alten Testament taucht die Gestalt des Narren auf, so im 52. Psalm: *Dixit insipiens in corde suo: Non est deus* („Es sprach der Narr in seinem Herzen: Es gibt keinen Gott").

Nomina » Lapo nimmt hier Bezug auf den Nominalismus, eine philosophische Strömung der Zeit. Im Mittelalter entzündet sich ein Streit um die sog. Universalien, also übergeordnete, abstrakte Allgemeinbegriffe wie Baum oder Mensch. Während die Realisten eine Position in der Tradition der Ideenlehre Platons vertraten, wonach den Ideen eine eigenständige Existenz zugesprochen wird, waren die Nominalisten der Ansicht, allein die mit den Sinnesorganen wahrzunehmenden Einzeldinge existierten: Nicht die Idee eines Baumes existiert, sondern nur dieser oder jene konkrete Baum.
Die Positionen waren unterschiedlich stark ausgeprägt. Johannes Roscelin von Compiègne war ein französischer Dominikaner, der einen extremen Nominalismus vertrat. Für seine Behauptung, die Dreieinigkeit sei auch nicht mehr als ein Begriff, der „ein Aggregat von drei

Substanzen“ bezeichne, wurde er der Häresie bezichtigt. Er musste widerrufen.

Non solum voces, sed et res significativae sunt » „Nicht nur die Wortklänge, sondern auch die Dinge sind bedeutungshaltig.“ Dieses Zitat stammt von Richard von St. Viktor, Augustinerchorherr aus dem 12. Jahrhundert und seinerzeit einer der wichtigsten Theologen in Paris.

Papst in Avignon » Im beginnenden 14. Jahrhundert wuchs der Einfluss Frankreichs auf das Papsttum. Zwischen 1309 und 1377 residierten die Päpste im französischen Avignon. Man spricht auch von der „babylonischen Gefangenschaft der Kirche“. Es kam zu einem andauernden Konflikt mit dem Reich. Kaiser Ludwig der Bayer wurde mit dem Bann belegt.
Die ausschweifende Hofhaltung in Avignon und ein ungebremster Nepotismus spalteten die Christen vor allem in Italien und dem Reich in Anhänger des Papstes und solche des Kaisers. Erst Clemens IV. gelang es, das Verhältnis zum Reich wieder zu verbessern.

Schamlott » Schamlott ist ein aus Kamelhaar gewirkter Stoff, der im Mittelalter ein begehrter Importartikel aus Fernost war.

Schlupftür » Eine Schlupftür ist eine kleinere, in einen Torflügel integrierte Tür, durch die Personen hindurchtreten können, wenn das Haupttor geschlossen ist.

Skriptor » In den meisten Klöstern gab es Schreibstuben, sog. Skriptorien. Die Mönche, die dort arbeiteten, nannte man Skriptoren. Der Buchdruck war noch nicht erfunden, also mussten alle Werke, die vervielfältigt werden sollten, von Hand kopiert werden. Im 14. Jahrhundert öffneten nach französischem Vorbild die ersten weltlichen Berufsskriptorien.

Sodomie » Im Mittelalter verstand man darunter jede sexuelle Neigung, die nicht der Fortpflanzung diente und damit wider die göttliche Ordnung war. Auch Homosexualität zählte dazu. Sie wurde mit dem Tode bestraft.

St. Kastulus »Der heilige Kastulus lebte im 3. Jd. n. Chr. in Rom und wurde der Legende nach wegen seines christlichen Glaubens lebendig begraben. Sein Namenstag ist der 26. März.

Tod am Galgen » Das Köpfen durch das Schwert – als die kürzere und weniger leidvolle Art des Tötens – war Adeligen vorbehalten. Für Delinquenten niederer Stände war der Galgen vorgesehen.

Vescovo » Das ist das italienische Wort für „Bischof“.

Widder
Stier
Zwilling
Krebs
Löwe
Jungfrau
Waage
Skorpion
Schütze
Steinbock
Wassermann
Fische

FGPQSWRQLAFVISRPFÖÄYXZGBÖADIJMVLEOUWDFIN

A
A
R
R
B
K
A
D
K
R
A
A
B
R
K
A
K
A

Damit beginnt es!

Wende das Blatt und lies, wenn du zu lesen vermagst! Wer bin ich? Halte die Augen offen – ich weiß etwas, was du nicht weißt.

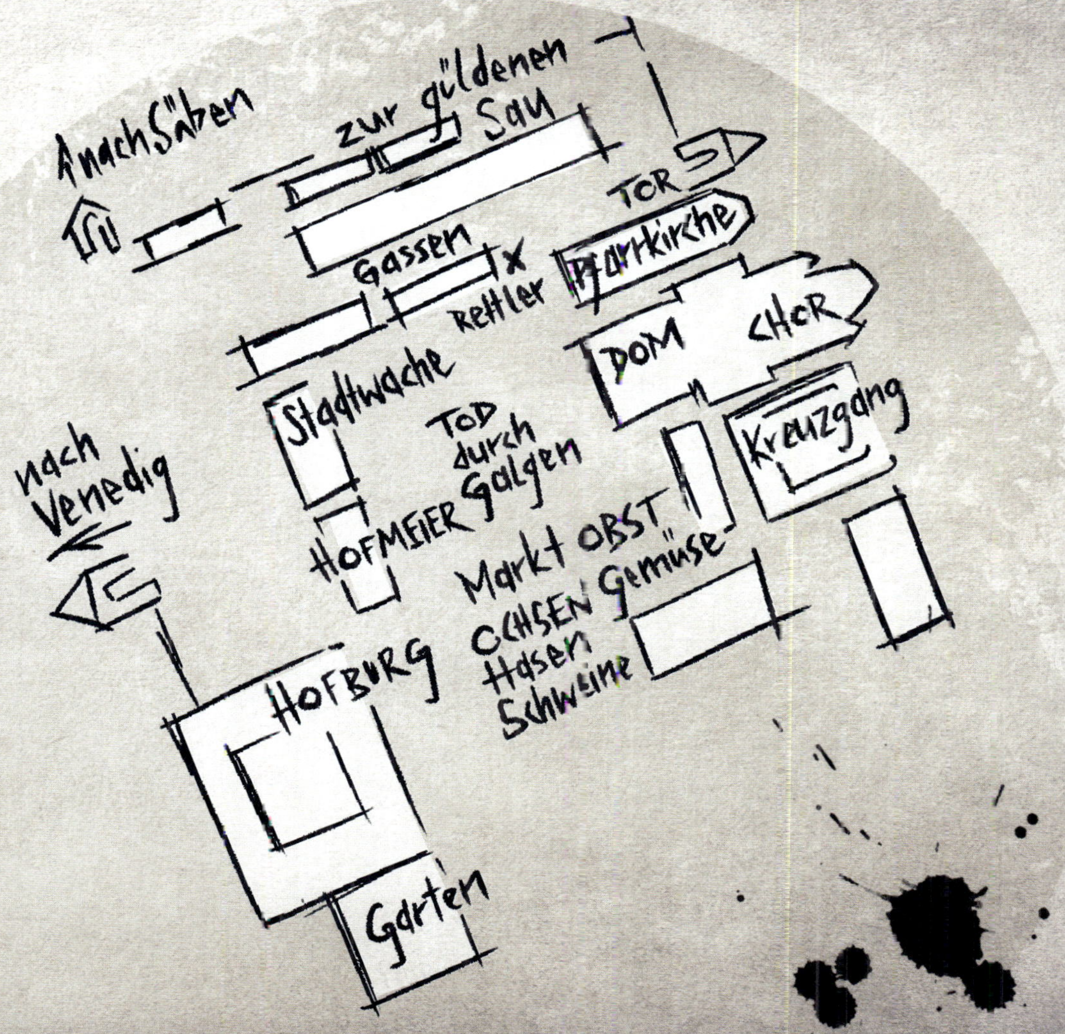
nach Säben
zur güldenen Sau
TOR
Gassen
Pfarrkirche
Rettler
DOM
CHOR
Stadtwache
TOD durch Galgen
Kreuzgang
nach Venedig
HOFMEIER
Markt OBST Gemüse
OCHSEN
Hasen
Schweine
HOFBURG
Garten

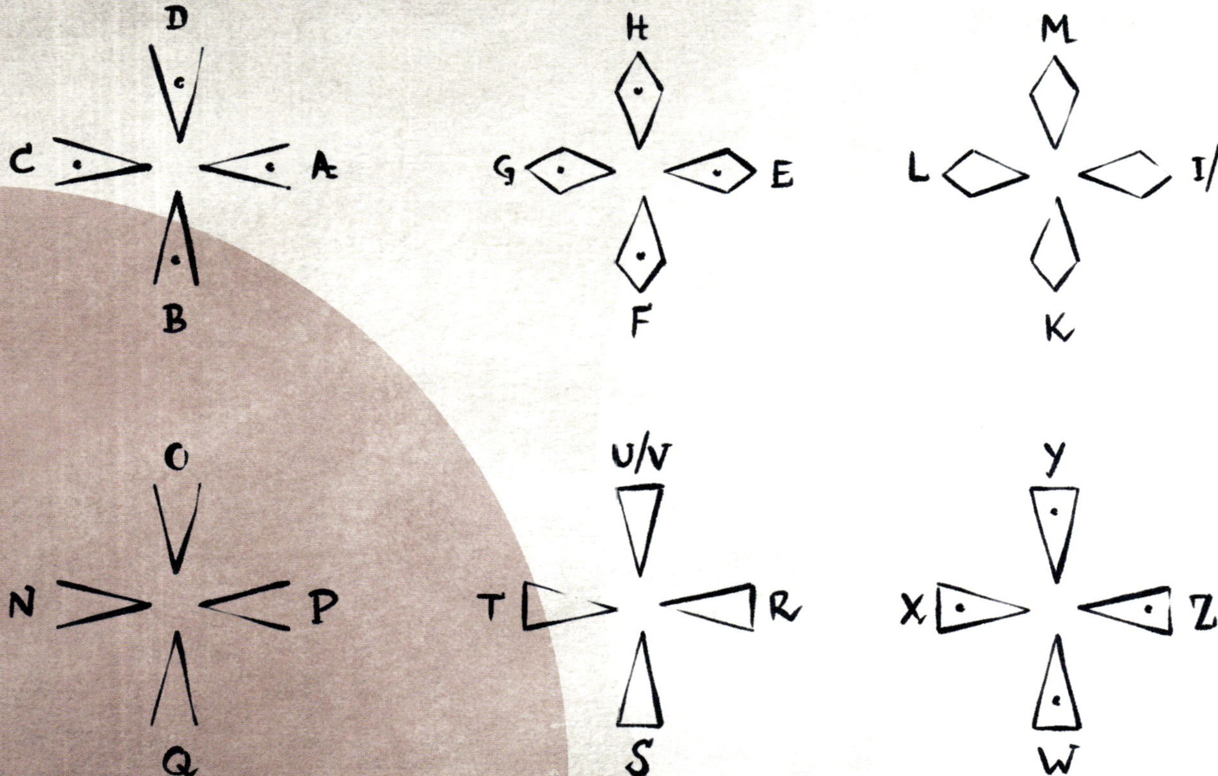
D
C
A
B
H
G
E
F
M
L
I/J
K
O
N
P
Q
U/V
T
R
S
Y
X
Z
W

Ζ ζ

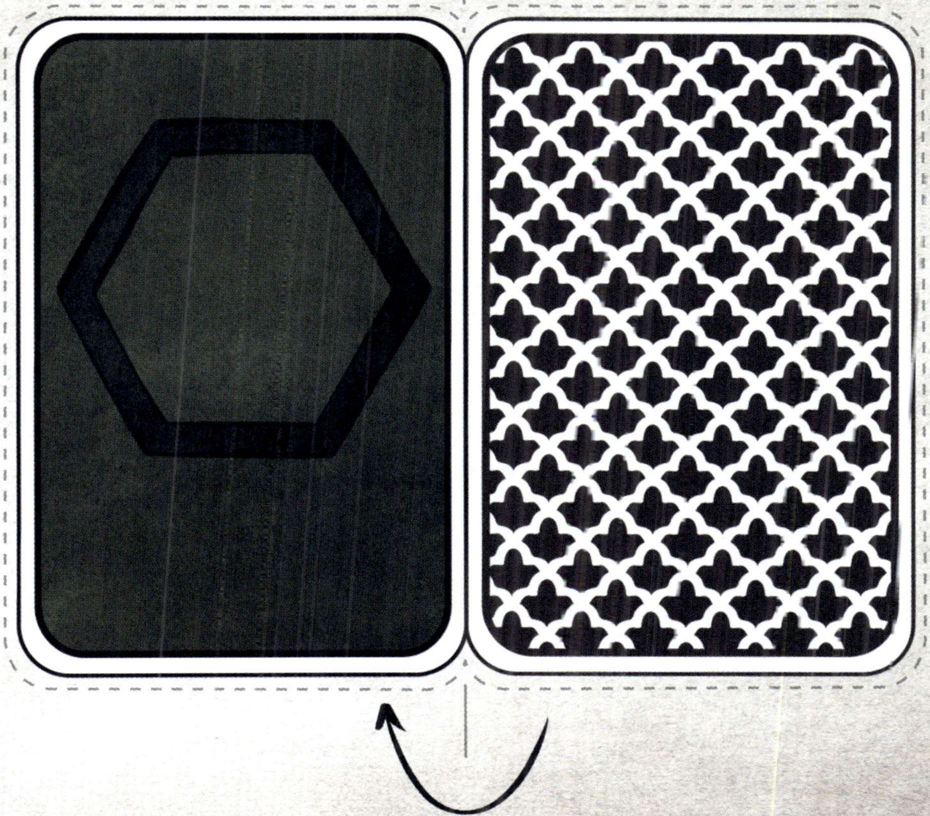

Bozen

Grafen v. Andechs

Bad Reichenhall

Venedig

Straubing

Brixen

Grafen v. Haag

Knielingen

Genua

Mühldorf am Inn

Regensburg

Weimar

Andergassen

Benediktbeuern

Nürnberg

Augsburg

Dorfen

Tübingen

Erding

Staufer

Idee, Text und Konzept: Sandra Miehling und Gerhard Wandinger
Illustrationen: Toni Hamm, tonihamm.com

Gestaltung Cover: Grafisches Atelier, arsEdition GmbH
Gestaltung Innenteil: Toni Hamm, tonihamm.com

Vignette Cover und Pergamenthintergründe:
Shutterstock.com: 2 Rivers; Lukasz Szwaj; Andrey_Kuzmin

ISBN 978-3-8458-4526-5
www.arsedition.de

FSC
www.fsc.org
MIX
Papier aus verantwortungsvollen Quellen
FSC® C002795